目前為止
還沒感到滿意

一個人住第9年的一幕

不知為何
碗籃裡總是
滿滿的

一個人住第9年

高木直子◎圖文
洪俞君◎譯

第9年的每一天，

都可說是稱心如意⋯⋯。

前言

一個人住的日子終於邁入第9年，

完全習慣了的生活可說是既逍遙又自在⋯。

隨性地吃東西，

想洗澡就去洗澡，

愛看電視就看電視，

隨心所欲地睡午覺。

如今的我雖每每忘記
剛開始一個人住時的那種新鮮感，
但偶爾還是會感到有些寂寞，
有些不安⋯。
這就是我的一個人住第9年。

目次

嘻嘻
份量
隨我意

認真
工作

呼

啪
啪

一個人住第9年

一個人住的第5年時，
我畫了這本
《一個人住第5年》，
一個人住
第5年
時間過得很快，
現在已經是
一個人住第9年。
若要問其間生活
有什麼改變……

基本上是
沒什麼改變。
已經這時間了，
PM8:00
該出去買菜做晚餐了。
依然喜歡上超市
喀嚓
超市！♥
超市！♥

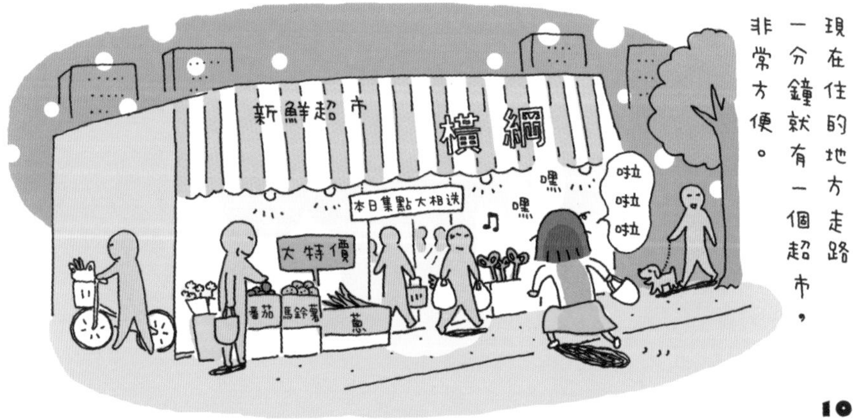
現在住的地方走路
一分鐘就有一個超市，
非常方便。
新鮮超市
橫綱
本日集點大相送
大特價
番茄
馬鈴薯
蔥
嘿
嘿
啦啦啦

晚上8點左右去那家超市，常常可以買到半價的沙西米。
晚上10點關門
太好了！今天買到了半價的鯛魚！
因為走路只需一分鐘，所以要是到得太早，有時乾脆回家，過一會兒再去。
鮮魚區
還沒開始打折
30分鐘後再來吧……
有時興匆匆地去以為可以買到半價品，不料全都賣光了。
鮮魚區
空空如也
賣……賣完了!?
促銷商品 沙西米三鮮
星期六、日和假日更是不保
那麼，什麼樣的日子勝算比較大呢？當然非壞天氣的日子莫屬囉。
嘩啦啦…
好大的雨
這種日子客人比較少。高價位商品也可能大特價，是大好機會。
超市
哎喲
因此我也就冒著風雨上超市。

基本上一直都是自己做飯。
嗯～，今天晚上吃什麼好呢？
SALE
東張西望
酪梨 ¥98
香蕉 ¥100
跟人家說「我都自己做飯」，
你一個人還自己做飯啊？真了不起～
沒有啦～
大家的反應經常是……
其實也沒什麼了不起
因為……
嗯……
噫!?
烏賊 ¥200
¥88
秋刀魚
好便宜喔……好好!!
鮮
半價 ¥340
付款時再打9折
生鰹魚 ¥680
鏘～
太好了，今天晚上就吃鰹魚沙西米♥
唰
因為我老是買不需要烹調又是我最愛的沙西米。

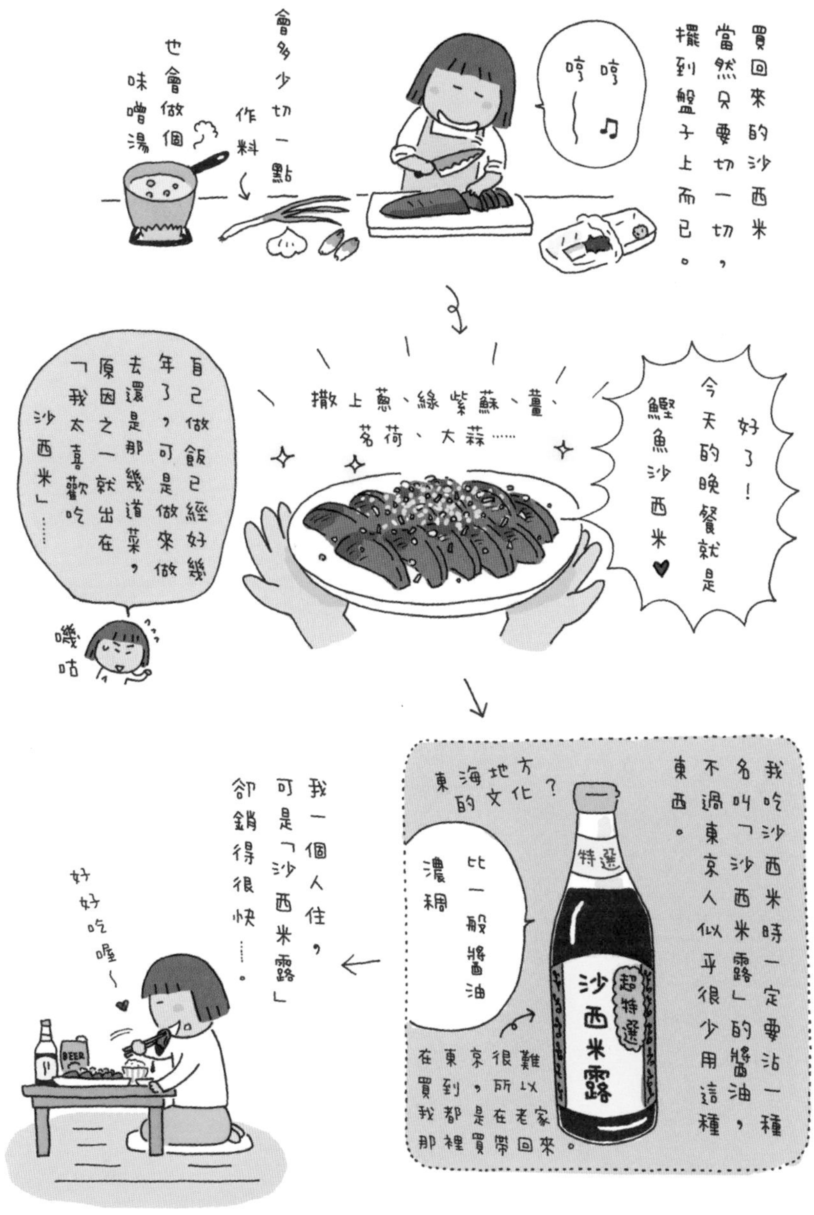
買回來的沙西米當然只要切一切，擺到盤子上而已。
哼哼～♪
會多少切一點作料
也會做個味噌湯
好了！今天的晚餐就是鰹魚沙西米♥
撒上蔥、綠紫蘇、薑、茗荷、大蒜……
自己做飯已經好幾年了，可是做來做去還是那幾道菜，原因之一就出在「我太喜歡吃沙西米」……
嘰咕
我吃沙西米時一定要沾一種名叫「沙西米露」的醬油，不過東京人似乎很少用這種東西。
東海地方的文化？
比一般醬油濃稠
特選
超特選
沙西米露
在東京很難買到，所以我都是在老家那裡買帶回來。
我一個人住，可是「沙西米露」卻銷得很快……。
好好吃喔～

吃沙西米時，
我也常會來杯
我最愛的飲料啤酒……
偶爾會奢侈一下，
來罐YEBISU啤酒♥
YEBISU TRADITIONAL BEER
BORN 1887
Premium
YEBISU
エビスビール
以前，我沒辦法
邊吃飯邊喝啤酒。
啤酒歸啤酒!!
飯歸飯!!
得分開吃!!
BEER
喝完啤酒以後
才盛飯和味噌湯
但是，有一天不知為何
身體突然可以接受啤酒
和飯同時下肚。
一邊喝啤酒
一邊吃飯
喝味噌湯
呵呵呵……♥
BEER
最近甚至進化到覺得
把味噌湯當做下酒菜
也別有風味!!
呼～
退化？
啤酒
味噌湯
於是，晚餐兼小酌的
歡樂時光也結束
得很快……
呼
酒後多半會
睡一個小時

儘管喜歡沙西米，有時一個人還是吃不完。
尤其是一次買一大塊時……
剩一半
這種時候，
一個好辦法就是「醃起來」。
做法其實很簡單
我是用「沙西米露」
調味汁
甜料酒
醬油
切好的沙西米
充分拌勻
分量總是隨便放，不過基本上是醬油3：甜料酒1
這次是用鰹魚，但換成鮪魚味道也不錯喔!!
醃鮪魚
包上保鮮膜，放進冰箱……
呵呵呵
砰
冰箱
過一晚……
呼嚕~
呼嚕~
正式入眠

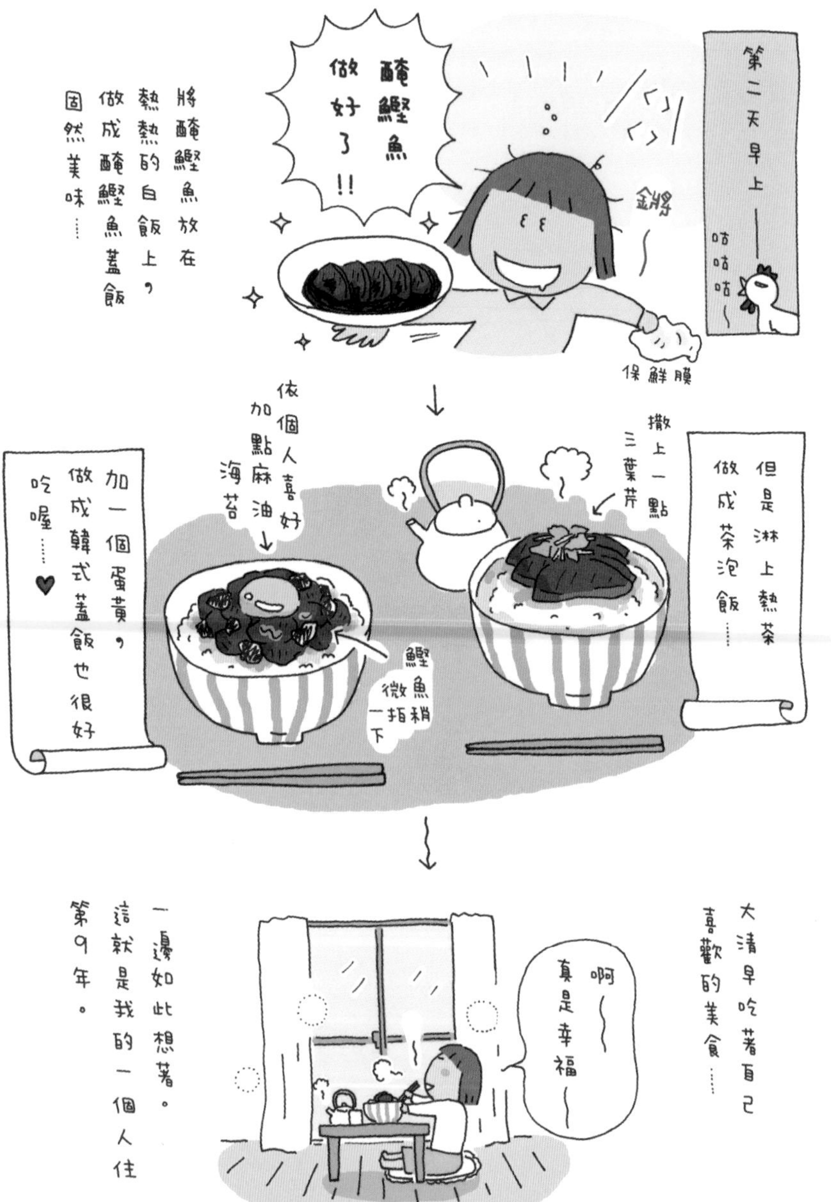

第二天早上——
咕咕咕~
鏘~
醃鰹魚做好了!!
保鮮膜
將醃鰹魚放在熱熱的白飯上，做成醃鰹魚蓋飯固然美味……
但是淋上熱茶做成茶泡飯……
撒上一點三葉芹
依個人喜好加點麻油海苔
鰹魚稍微拍一下
加一個蛋黃，做成韓式蓋飯也很好吃喔……♥
大清早吃著自己喜歡的美食……
啊~真是幸福~
一邊如此想著。這就是我的一個人住第9年。

嚮往已久的兩房生活

我在東京起先住的是又窄又小的小套房……
平面圖
玄關
流理台
冰箱
櫃子
洗
衛浴
三坪
桌子
陽台
櫃子
床
住了5年半
如今，第9年已經
兩房!!
哇
進化到兩房!!
一個房間當作寢室，一個房間當作客廳兼工作室。
流理台
玄關
洗手間
洗臉台
浴室
洗衣機
冰箱
儲物間
沙發
工作桌
三坪
桌子
櫃子
三坪
書櫃
TV
陽台
儲物間
床
客廳兼工作室
寢室

可以一個人用兩個房間，真是太幸福了～
感動中～
出頭天了～
家裡變寬敞了，真是一件高興的事……
想想以前住小套房的時候，廚房和房間連在一起，所以……
今天晚上是泡菜豬肉炒飯♡
滋
哎呀，棉被都是大蒜的味道!!
只要一做菜，房間裡就味道瀰漫，後果慘重。
味道撲鼻
現在只要把各個房間的門關起來就行了。
今天晚上是義大利麵
滋
超喜歡大蒜♡
有時也會忘了關

住小套房的時候，屋裡很窄，到處都塞滿了東西……
亂七八糟
現在有一些多餘的空間。
可是還是很亂
無所事事
所以就算突然有訪客……
我現在方便過去拿稿子嗎？
亂七八糟
什麼？
只要把亂七八糟的東西暫且往寢室堆……
哎呀糟糕糟糕!!
請請進……
喘
喘
打擾了
就可以勉強保住面子，很是方便。

此外，以前在家裡工作時，因為床就在一旁……
唉～好累喔～
插畫的工作
休息一下好了。
躺～～～♡
終於抗拒不了床的誘惑……
呼嚕～
那也是我的煩惱之一
姑且算是在煩惱
現在工作的地方和寢室分開了……
床的誘惑也減輕了不少。

可是，代之而起的是……
啊～好累喔～
腰好痛喔～
坐～
休息一下吧
在沙發上睡著的新煩惱。
……
呼
結果還是睡著了。
前些日子，爸爸來住我有兩房的新家
喔～
這就是妳的新家啊？
呵呵呵……
怎麼樣？跟以前比起來寬敞多了吧？
爸你的棉被我已經鋪在寢室裡了。
喔～
想想以前住小套房的時候，爸爸來住也沒地方可以鋪另一床棉被……

只好勉強把棉被鋪在流理台旁邊……
呼呼
但爸爸
這屋子不錯嘛，在東京算很清靜，光線又好。
還是跟我說……
不料……
想想妳以前住的地方……
真是糟糕透頂!!
那麼小又那麼舊，
我竟然得睡在流理台旁邊。
什麼?
我這才知道原來爸爸一點也不喜歡我以前住的那個小套房……

總之，屋子變寬敞了，爸爸也很替我高興，可是……
平常我待在客廳兼工作室的時間要比待在寢室多得多。
有電視又有電腦，光線又好，很是舒適。
無所事事
晚上到了睡覺時間也……
好懶得去隔壁房間喔……
迷迷糊糊
哇哈哈……
TV
可是又有點冷……
哆嗦……
電視購物
有沒有東西可以蓋……
噫!?

沒想到報紙還挺溫暖的……
這種低俗的感覺也不錯耶……
結果就這樣在地上睡到第二天
呼嚕~
第二天早上——
咕咕~
脖子好痛喔……
我怎麼會睡在這裡?
自己也搞不清楚怎麼會這樣,不過這種事已經發生好幾次了。
我有兩房之後,好像變得更懶散了。
嗯~
有感而發
想歸想,我還是繼續過我的歡樂兩房生活。

我待在兩個房間的時間比率
75%
25%
客廳兼工作室
寢室
大約是……
這也是沒辦法的事，
因為我幾乎只有睡覺時才待在寢室。
呼
呼
說歸說……
我在不是寢室的那個房間……
呼
也照睡不誤。

終於成為訂報一族

剛開始一個人住時，我最怕的就是碰到報紙推銷員。
喂，訂份報紙嘛！好處很多喔♥
喂喂
現在訂，我們會送妳清潔劑和禮券喔～
報紙推銷員
不知所措
不……不用了，我們家不需要……
不小心開了門
※請參照《一個人住第5年》123頁。
叮～咚
叮～咚
砰砰
哎喲～又來了～我受不了了
後來學會裝作不在家
我不是說過，我沒有錢，絕對不訂報紙的嗎？
啊
※當時生活費捉襟見肘……
當時的慘況……
一個人住第9年，突然心想……
我也應該多瞭解天下事才是……
來訂份報紙吧……

我竟然決定開始訂報紙
您先訂3個月是吧？
只訂早報～
請您在這裡簽個名。
好的。
以前我總覺得報紙推銷員很可怕，其實他們人很好，不是那麼可怕……
謝謝您的訂閱，這是送給您的贈品。
哇～，謝謝！♥
那麼怕報紙推銷員的我，竟然訂了報紙，還收了人家的贈品……
感動中……
我是有點大長進了～
食用油禮盒
想來不禁有些感動……

於是，每天報紙也就送上門來。
啾啾
鏘～～
哇喔～♥
報紙真的送來了!!
嘿嘿嘿～♥
有報紙的生活真好
我是有點長進了～
還在說
翻
隨著報紙而來的是大量的廣告單。
嘩啦
嘩啦
嘩啦
花子超市
牛肉100g 128圓
冷凍食品 40%OFF
樣品屋 正式推出
幸運旅行社
PIZZA
尋狗啓事
SALE
附近的超市在辦車站便當特賣會耶～♥
車站前面的洗衣店打7折耶!!
還有麥當勞的折價券耶～～♥
留起來吧
麥當勞
車站便當
30% OFF
星期六特別多……

我想應該有很多人和我一樣喜歡看房屋仲介廣告單，其實真的很有趣。
新建高級住宅開始分售
展售屋
1房兩廳
3房兩廳
GRAAND MAISON 北東京
購屋資訊
快樂房屋
附車庫
如果住這裡的話，工作桌就擺這裡，這個房間當作客廳，床就放這裡……
嘻嘻嘻……
可惜這房子朝北……另外這個房子好像比較好……可是走路到車站要15分……有點遠 這邊這個房子衛浴是在一起……
嘟囔嘟囔
名設計家高級住宅
雖然嚮往住在市中心高級住宅的璀璨生活……
很高~
我住在38樓
呵呵呵
KINOKUNIYA
摩天大樓高級住宅
可是在郊外的高級住宅優雅度日也不錯~
河濱高級別墅
還可以養寵物喔
……幻想著種種來自得其樂。
有院子的獨棟建築也很教人心動，真不知道該選哪一個好~
有寬敞的露台這點也很吸引人~
鄉間生活也值得體驗一下~
Hitower 六本木
東京綠地
HOUSE
這些幻想中是不包含資金，以及是否確定要一個人住下去？等現實問題。
敬請見諒

早報總是在清晨4點左右送來……
迷迷糊糊
一下上上網……
一下工作……
而夜貓子的我這時間多半還沒睡……
報紙在這種時間送來……
匡啷!!
啊!
嚇到
我總是被嚇一跳。
我也常常為此感到有些氣憤……
哼～明明知道報紙會在這時間送來，又不小心被嚇了一跳……
哼
明天一定要處變不驚！
在早報送來之前睡覺，不就得了!?

不過，訂報紙
或許多少有助於
防範宵小～
我又是
一個人住～
常常有
這種報導……
第一位報警
的鄰居
哆
嗦
我看報紙好
幾天都沒拿，
覺得很奇怪。
或者……
我送早報過去
的時候，發現
一輛可疑的白
色車子!!
啊啊啊……
5天前早上
4點左右
送報員的
證詞
這時候多半已經
事態嚴重……
到目前為止，
報紙為我化解的
危機就屬
啊～
這種時候了……
哎喲～
抖～
抖～
抖～
這個
夏天出現了一隻……
沙沙
沙沙
成功命中!!

報紙後來又續訂了……
再訂3個月，是嗎？
是的。
謝謝您續訂，這個送給您。
結果我又收到了食用油禮盒。
鏘
啊
謝謝……
可是，我一個人住也不炸東西吃，根本用不了這麼多～
平常又多半是用橄欖油……
以前的也還有
結果訂報紙收到的油就分送給幾個朋友……
3個月後再續訂的時候又是……
這個送您!!
又是油!!
鏘～
要不要油啊
要不要油啊～
給我一瓶
朋友……
於是，我每3個月就得到處分送油。

倒垃圾的煩惱

我最引以為苦的就是「早上倒垃圾」
啊，今天是丟可燃垃圾的日子!!
一躍而起
糟糕!!
不知道還來不來得及？
可燃垃圾
可燃垃圾
匆匆忙忙
睡衣兼家居服
啊~垃圾收走了~
大失所望
笨蛋
請按時傾倒垃圾
嘿嘿嘿……
空空的……
※垃圾不准前一天晚上拿出來。
來不及倒的垃圾就只好……
才9點耶……
收垃圾的時間未免太早了~
可燃垃圾
可燃垃圾
不可燃垃圾
這也是昨天來不及丟的
堆在陽台上。

有一次，我住的公寓要進行大規模的外牆修繕工程。
外面都用網子圍起來
這裡
三層建築，我住在2樓
我完全沒發現公寓門口貼了這樣一張佈告……
敬告各位住戶
本週將進行陽台油漆作業，敬請各住戶配合勿在陽台上堆放物品。謝謝您的合作。
有一天，我毫不知情地悠然回到家……
呆～
原本放在陽台上的垃圾似乎妨礙到工人們作業，結果就被放到了曬衣架上。
工人
噫？垃圾袋怎麼在那裡!?

現場有很多年輕的工人，我邋遢生活表徵的垃圾……
那邊已經好了
哎呀呀……
辛苦了
……就這樣被盡收眼底。
不可燃垃圾
可燃垃圾
可燃垃圾
骯髒的拖鞋和枯死的盆栽也……！
哎喲好丟臉喔～!!
唰
真是太丟臉了!!
這事實在是太丟臉了，因此我決定拉上窗簾躲避度日……。
偷偷摸摸
已經沒臉見那些工人了……
……白天屋裡也是昏昏暗暗的……

之後，外牆工程範圍越來越大，連窗戶都貼上一層塑膠布。
哎呀
膠帶
有一天我在沙發上睡得迷迷糊糊的……
呼～
突然發現陽台上有一個人影……
晃～
砰
噗～
……噫？是工人嗎？
接著，那人影開始撕窗戶上的塑膠布
撕……
喔……塑膠布終於可以拿掉了!?太好了

那人影從撕破的塑膠布縫隙往屋裡瞧
隔著一層蕾絲窗簾，只能看到模糊的輪廓
哎呀呀……
一躍而起
我睡在沙發上的醜相搞不好都被看光了～～
砰
當我正要躲起來時，那人影突然消失不見了。
唰
偷偷
啊……不見了……
摸摸
呼
可是，工人為什麼只撕開這麼一點塑膠布呢？
奇怪……？
呼
我不以為意地想著……

後來才發現那天是星期六，工人們好像都放假……
噫？
工程用材
靜悄悄～
而且仔細一看才發現佈告上有這樣的注意事項……
施工期間因搭有鷹架，請各住戶留意陽台及窗戶安全，以防宵小進入。
管理公司
小熊房屋
啊！
超市
全身戰慄～
哎呀，搞不好剛才那個人影就是小偷？
他發現我在家，就逃跑了……
這件事發生以後，我不管在不在家都會開燈，或者把音樂放得很大聲……
哇哈哈
今天晚上吃什麼好呢～!!
哇～
哇～
鏘
鏘
連自言自語都說得大又響!!♥
大大表示家裡有人!!

之後，沒再發生
任何事，工程
也順利結束……
外牆也變
漂亮了♥
但這次得到的教訓
是，以後要仔細看
公寓裡的佈告……
親愛的
各位住戶
嗯嗯
出門時，
家裡也會留盞燈。
開這個
燈吧
喀嚓
可是，
我早上依然經常
啊
收走了!!
笨蛋~
空空的
來不及倒垃圾。

便利商店夜半驚魂記

剛開始一個人住時，一入夜我就害怕會有鬼出現……
天趕快亮呀～
不小心看了恐怖片的晚上更是如此。
請參照《一個人住第5年》第66頁
不過，最近已經沒那麼害怕了。
夏日恐怖大作
骷顱頭
幽靈
這固然是因為自己不會貿然看恐怖片……
但主要原因則是
呆～
我認為自己對鬼神沒什麼感應力……
還有這世界上其實活人要遠比鬼怪可怕。
精神變態
嘿嘿嘿……
小偷
嘻嘻嘻……
強迫推銷
很便宜喔～
全身戰慄……
鬼怪還比較不可怕呢……
咻～

因旅行或其他原因
離家些時日，
再返家時，
總會有點不安。
家裡沒事吧……
忐忑不安
回家鄉一個星期
搞不好家裡被翻得亂七八糟……
或者有人正闖進家裡……
小偷!?
瞧!
啊!
嚇~
這比較恐怖……
進門時，
會故意發出很大的聲音……
哇哈哈終於到家了~!!
砰
還是家裡好~!!
（算是來個下馬威）
ㄎ大
噗通
如果家裡沒異狀，
也就放心了。
家……家裡好像有點亂……
應該是我出門前弄的吧……?

以下是一段題外話，你小時候到朋友家玩……
打擾了！
啊……味道和我家不一樣耶
請進～
會不會這麼覺得？
我有時回到一個人的住處
啊，別人家的味道。
撲鼻～
也會這麼覺得。
（離家些時日，更是如此。）
不論相隔多久，回到老家時，都不會有這種感覺……
味道撲鼻
我回來了～
回來了啊
魷魚乾
紅味噌湯
狗
冬天會用煤油爐
想到對自己而言「自己家的味道」，基本上還是指老家的味道，心情不由得有些複雜。
已經離開老家好幾年了……
竟然覺得自己家的味道是別人家的……
哼
碎碎念
題外話到此結束♡

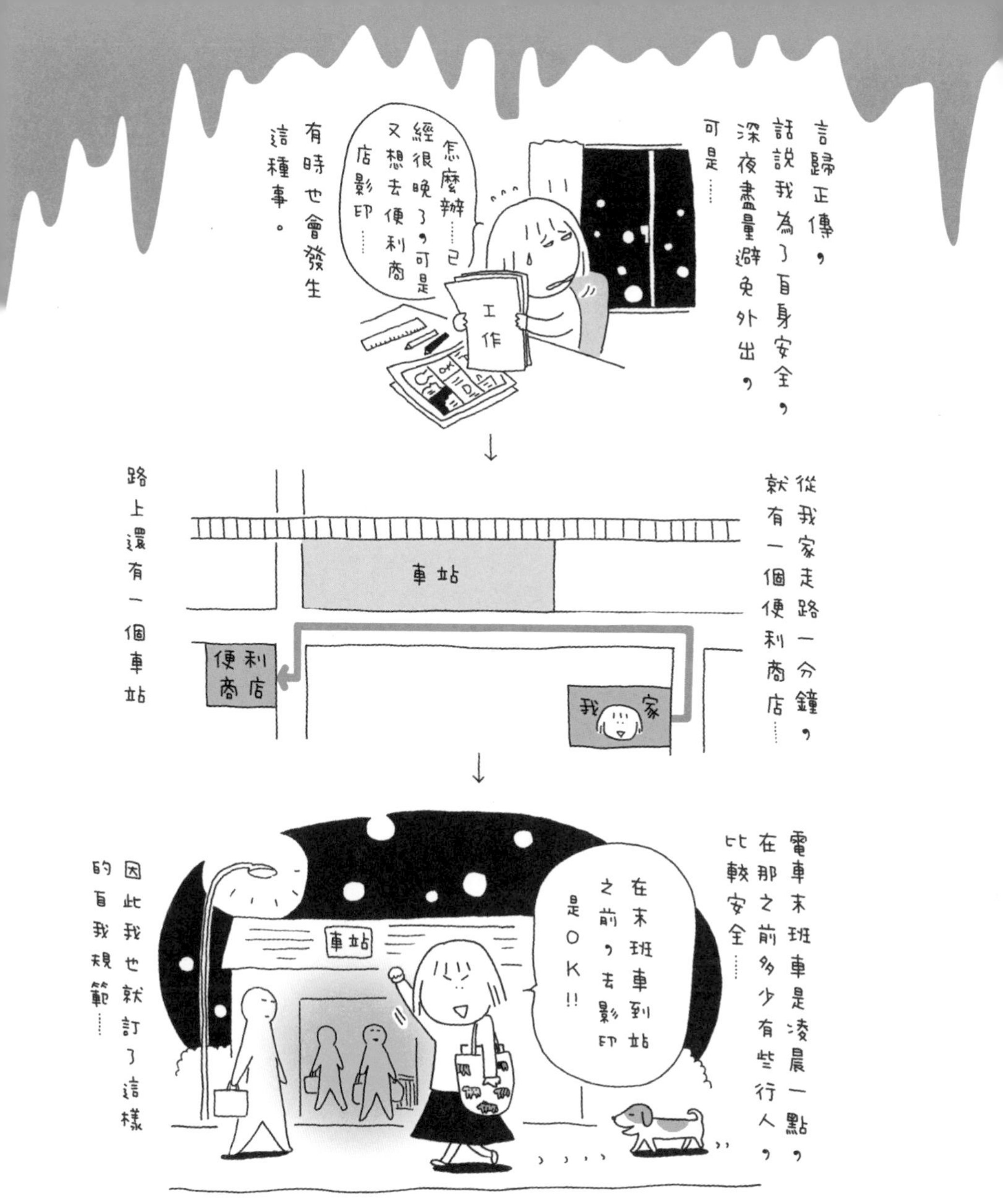
言歸正傳，話說我為了自身安全，深夜盡量避免外出，可是……
怎麼辦……已經很晚了，可是又想去便利商店影印……
工作
有時也會發生這種事。
從我家走路一分鐘，就有一個便利商店……
路上還有一個車站
車站
便利商店
我家
電車末班車是凌晨一點，在那之前多少有些行人，比較安全……
在末班車到站之前，去影印是OK!!
車站
因此我也就訂了這樣的自我規範……

可是前些時候，
儘管已經半夜三點了，
我無論如何都想出去
影印……
影影印……
來不及交的稿子
結果違反了自己訂的規則，跑出去影印。
快去快回!!
哇
衝衝衝
當平安抵達便利商店，正在影印的時候……
放心
嘰
喔～影印漫畫啊？
嗝
嗝
啊!?
嘰
被喝醉酒的歐吉桑纏住不放……。
妳畫漫畫啊!?好厲害喔～
喋喋不休
嗝
妳還真有兩把刷子嘛～
嗝
嘰
忐忑不安
哎喲

妳會畫漫畫，真是了不起啊～～!!
嗝
喋喋
不休
嗓門很大
妳很有才華耶！真是難得啊～!!
不休
哎喲
沒……沒什麼啦……
嗝
嘰
喋喋
然後，那個歐吉桑又一個人滔滔不絕地講個不停……
漫畫家多得是，可是目前為止還沒有人可以超越手塚治蟲
嗝
嗝
那個人可是個天才咧～哈哈哈哈
喋喋
店……店員，救救我呀……
瞧
發呆
黑輪 90元
嘰～
還是繼續影印
不休
喋喋
影印結束時，勉強趁機脫逃……
所以……
啊
嗝
快跑
衝
拚命地跑回家。
哇
喵
哎喲
衝
衝
衝

啊……啊……
嚇死我了……
喘
喘
半夜還是容易遇到奇怪的人，太危險了……！
從此以後，我就再也不敢半夜出去影印了……
在重要時刻，如果有人可以當我的護花使者就好了……
陪我去一下便利商店嘛～……
哈哈哈，真拿妳沒辦法
哪怕是條狗也好……
啊
汪
又是凌晨3點
唉……好想去影印，可是又不敢去……
5點以後應該就沒問題了吧……
這也是女人家一個人住的感觸。

AM 4:45
唉
天已經亮了，可以出去影印了吧……
這時間該算早上還是晚上？
※只要改掉半夜工作的夜貓子生活不就得了嗎？

吃點心囉！
上次的海膽仙貝應該還沒吃完……
海膽仙貝海膽仙貝～♡
窸窸窣窣
噫？
奇怪，放到哪裡去了？
啊！
海膽仙貝
垃圾
犯人除了自己沒有別人……
什麼時候吃完的……？
這種時候不免覺得自己有點可怕……。

教人費疑猜的鄰居

嗯～……
啪
說！妳怎麼這麼皮呢!!
我～我～
好像是隔壁媽媽在教訓小孩。
這種事經常發生……
……
又來了……
我要說幾次妳才會聽!?
哇～
我家隔壁住的是一家三口……
據我調查的隔壁人家
爸爸
微胖
女兒
4~5歲
媽媽
中等身材
那女兒經常捱罵。

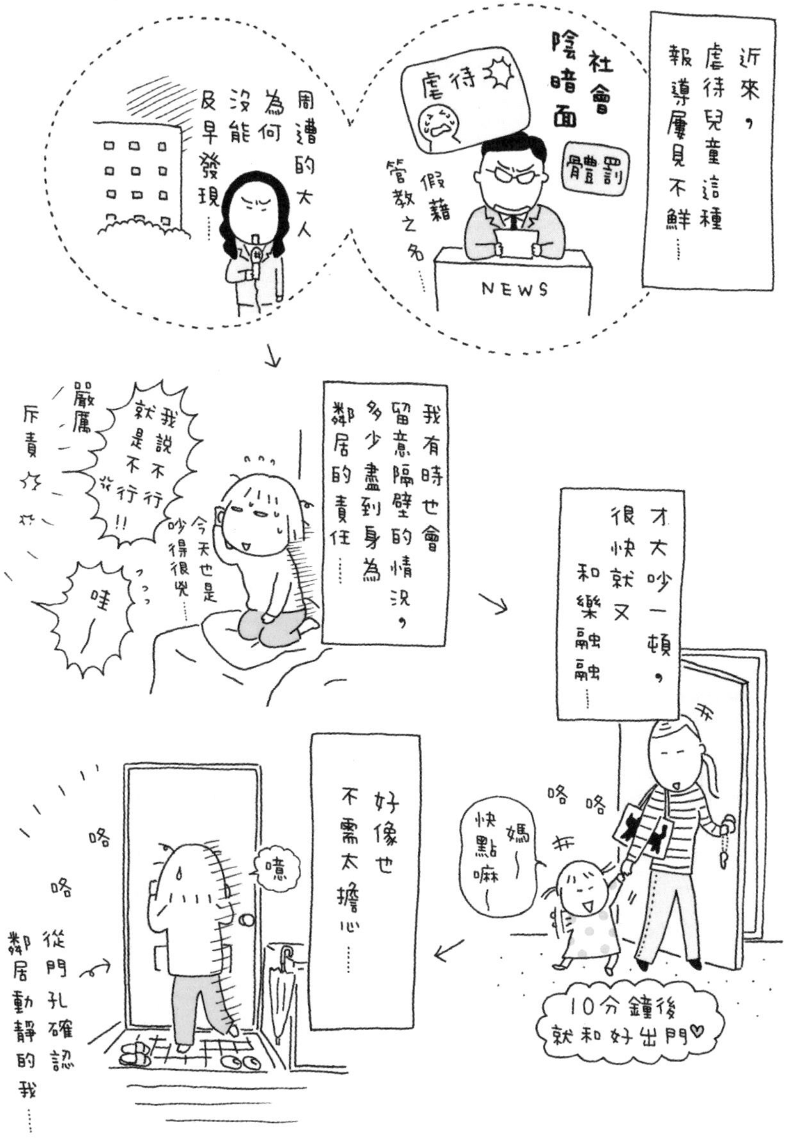
近來，虐待兒童這種報導屢見不鮮……
社會陰暗面
虐待
體罰
假藉管教之名……
NEWS
周遭的大人為何沒能及早發現……
我有時也會留意隔壁的情況，多少盡到身為鄰居的責任……
嚴厲斥責
我說不行就是不行!!
哇～
今天也是吵得很兇……
才大吵一頓，很快就又和樂融融……
咯 咯
媽～快點嘛～
10分鐘後就和好出門♡
好像也不需太擔心……
咯
咯
噫
從門孔確認鄰居動靜的我……

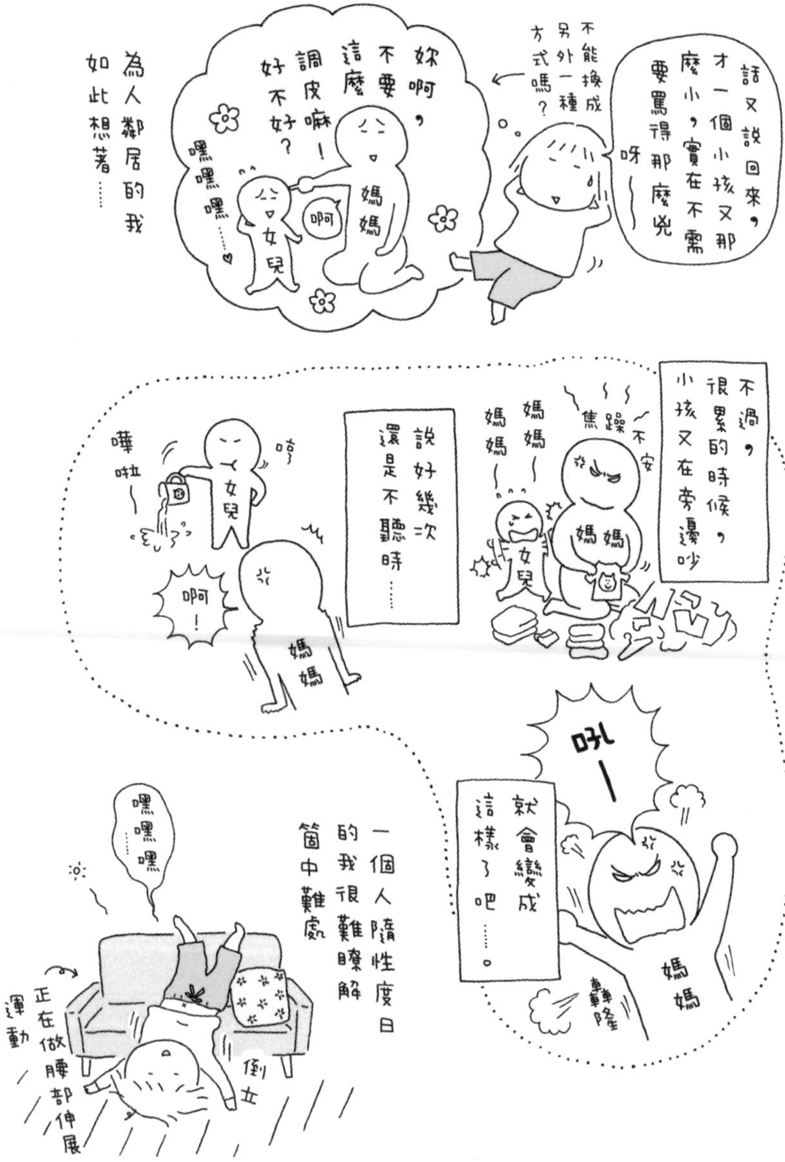
話又說回來，才一個小孩又那麼小，實在不需要罵得那麼兇呀～
不能換成另外一種方式嗎？
妳啊，不要這麼調皮嘛！好不好？
媽媽
嘿嘿嘿……♡
啊
女兒
為人鄰居的我如此想著……
不過，很累的時候，小孩又在旁邊吵
焦躁
不安
媽媽～
媽媽～
媽媽
女兒
說好幾次還是不聽時……
哼
嘩啦～
女兒
啊！
媽媽
吼ー
就會變成這樣了吧……。
轟隆
媽媽
一個人隨性度日的我很難瞭解箇中難處
嘿嘿嘿……
正在做腰部伸展運動
倒立

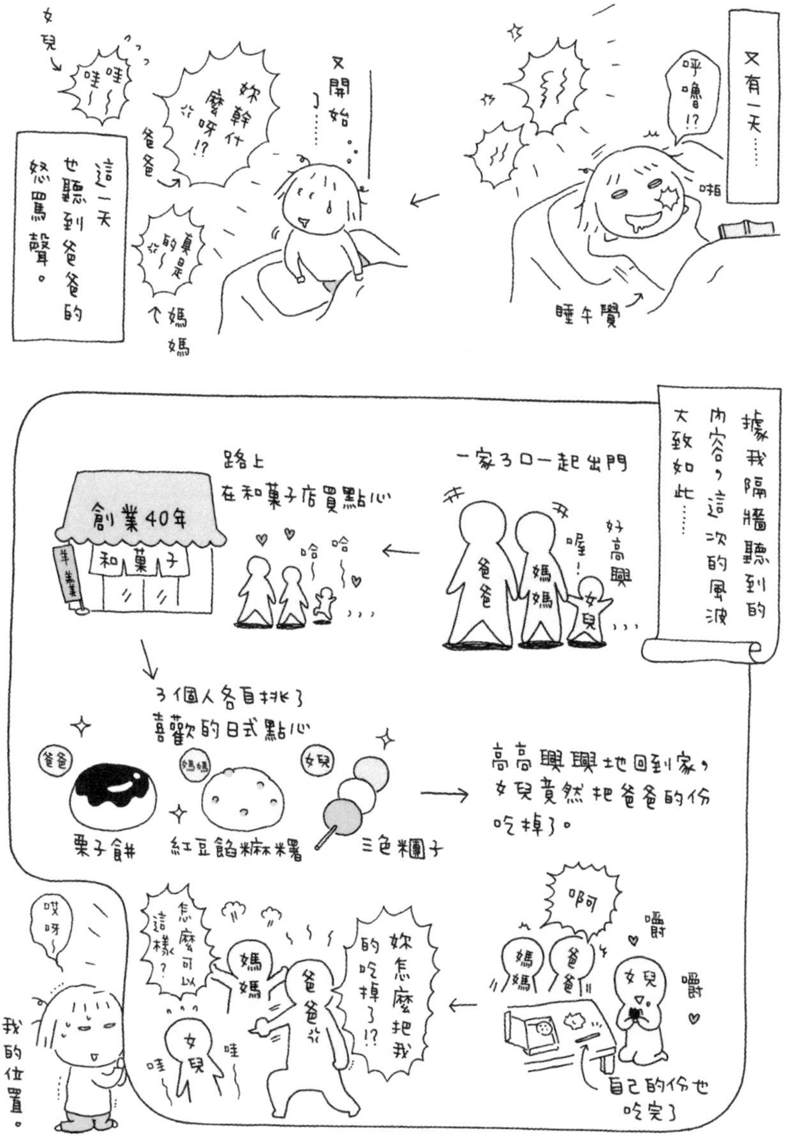

又有一天……
呼嚕!?
啪
睡午覺
又開始了……
妳幹什麼呀!?
爸爸
真是的~
媽媽
哇~
女兒
這一天也聽到爸爸的怒罵聲。
據我隔牆聽到的內容，這次的風波大致如此……
一家3口一起出門
好高興
喔!
爸爸
媽媽
女兒
路上在和菓子店買點心
哈哈~
創業40年
和菓子
羊羹
3個人各自挑了喜歡的日式點心
爸爸
媽媽
女兒
栗子餅
紅豆餡麻糬
三色糰子
高高興興地回到家，女兒竟然把爸爸的份吃掉了。
啊
嚼
嚼
媽媽
爸爸
女兒
自己的份也吃完了
妳怎麼把我的吃掉了!?
怎麼可以這樣?
媽媽
爸爸
女兒
哇
哇
哎呀~
我的位置。

隔壁家爸爸也是屬於那種嚴厲怒罵型的。
哇~
栗子餅給我賠來！
爸爸
哇~
我我~~
女兒
還不道歉!?
媽媽
哎呀呀
擔心
害怕
我們家的小孩也是經常被罵得很兇，
吼~
媽媽
哇
哇
姐姐
我
弟弟
三姐弟都很不聽話
可是，爸爸不太罵小孩，所以……
……
對小孩很寬容
呵~
呵~
看隔壁爸爸那樣罵小孩……
吵死了！給我滾一邊去！
爸爸
哇~
女兒
唉喲~
那爸爸好兇喔~
我有點震驚……。

那麼，這種情形該如何處理呢？以下是我就單身生活的角度隨意描繪出的理想父親形象。
爸爸
女兒
①一笑置之
哈哈哈，妳現在正是最會吃的時候～盡量吃吧
爸爸
②曉以大義
我們家有3個人，買回來3個點心，假如有一個人吃掉2個，那結果是……
爸爸
……
③詼諧地責備
那就罰妳幫我搥背搥100次!!
爸爸
而我爸爸遇到這種情形大概不太會生氣。
啊，那是我的份耶……
嘿嘿嘿
嚼
嚼
施展苦肉計以促反省
我好像做錯事了……
那就算了吧……
垂頭喪氣……
……他應該會這麼做。

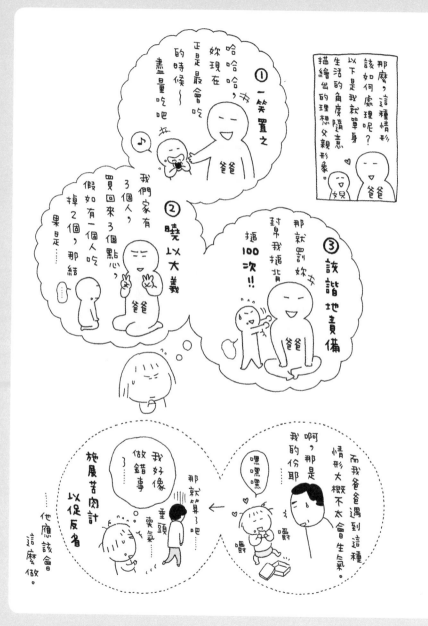

但是，這一天
依然沒過多久……
咯
咯
喂喂
哇哈哈……
噫，已經和樂融融了!!
UDON
栗子餅風波
就這樣平息了!?
爸爸～
媽媽～♡
哇哈哈……
砰
砰
雖然風波不斷，可是這家女兒還是挺禁得起打擊的……
嗯～
思考中
家裡有小小孩的家庭是不是都是這樣啊？
我還是搞不懂
我們家鄰居……
喜怒哀樂瞬息萬變
不過，
我倒是也想吃
日式點心……
啦～
啦
創業40年
和菓子
後來我也學人家
跑去買了。

家電汰舊換新記

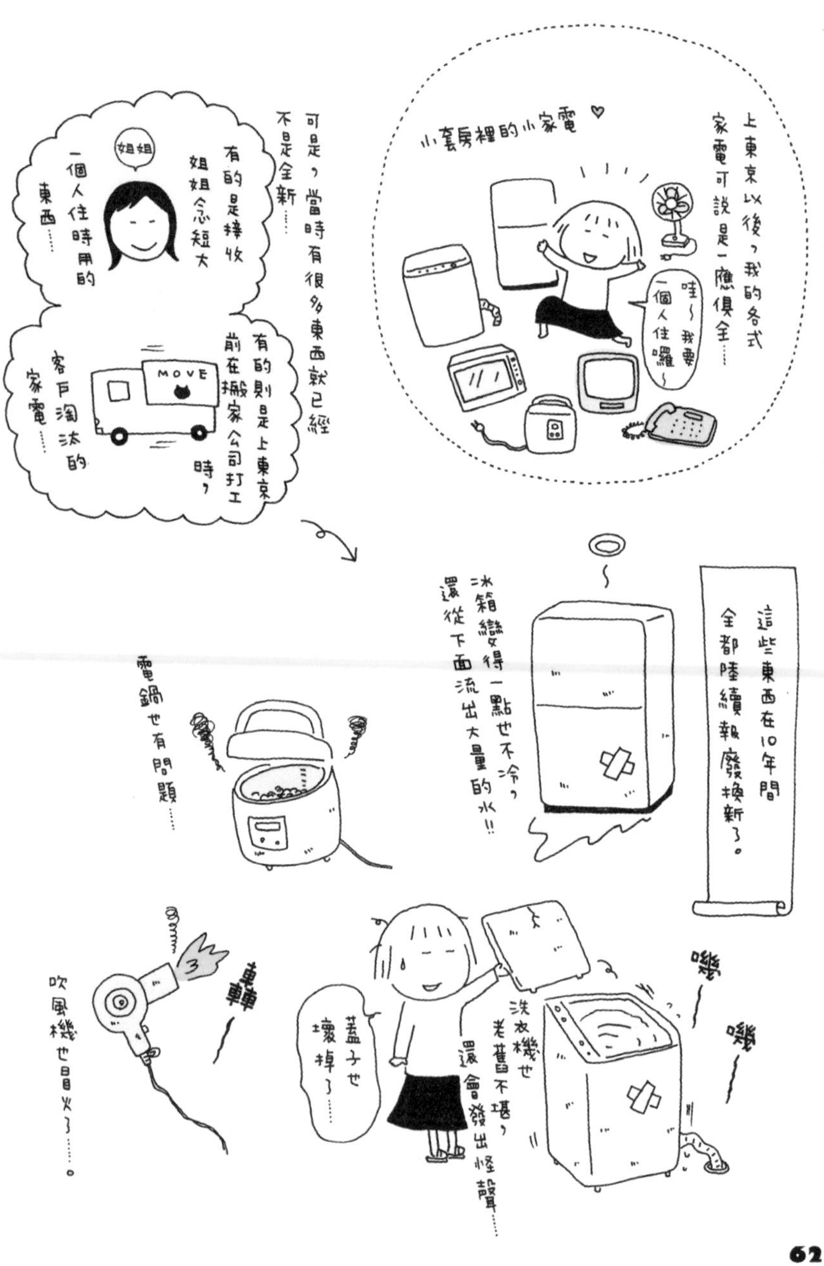
上東京以後，我的各式家電可說是一應俱全……
小套房裡的小家電♡
哇～我要一個人住囉～
可是，當時有很多東西就已經不是全新……
有的是撿收姐姐念短大一個人住時用的東西……
姐姐
有的則是上東京前在搬家公司打工時，客戶淘汰的家電……
MOVE
這些東西在10年間全都陸續報廢換新了。
冰箱變得一點也不冷，還從下面流出大量的水!!
電鍋也有問題……
嘰～
嘰～
洗衣機也老舊不堪，還會發出怪聲……
蓋子也壞掉了……
轟～
吹風機也冒火了……。

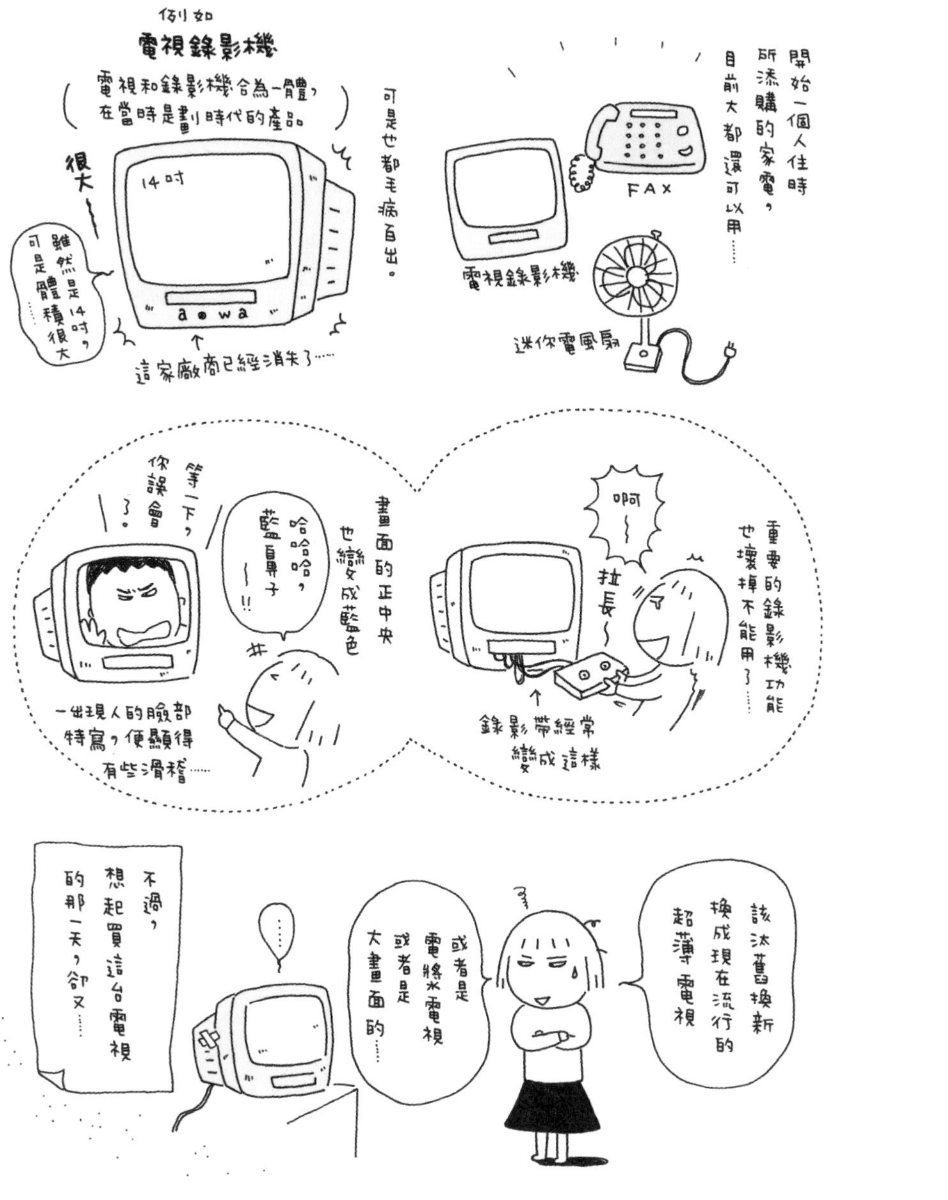

開始一個人住時所添購的家電，目前大都還可以用……
FAX
電視錄影機
迷你電風扇
例如
電視錄影機
電視和錄影機合為一體，在當時是劃時代的產品。
可是也都毛病百出。
很大～
14吋
雖然是14吋，可是體積很大……
這家廠商已經消失了……
重要的錄影機功能也壞掉不能用了……
啊～
拉長～
錄影帶經常變成這樣
畫面的正中央也變成藍色
哈哈哈，藍鼻子～!!
等一下，你誤會了。
一出現人的臉部特寫，便顯得有些滑稽……
該汰舊換新換成現在流行的超薄電視
或者是電漿電視或者是大畫面的……
……
不過，想起買這台電視的那一天，卻又……

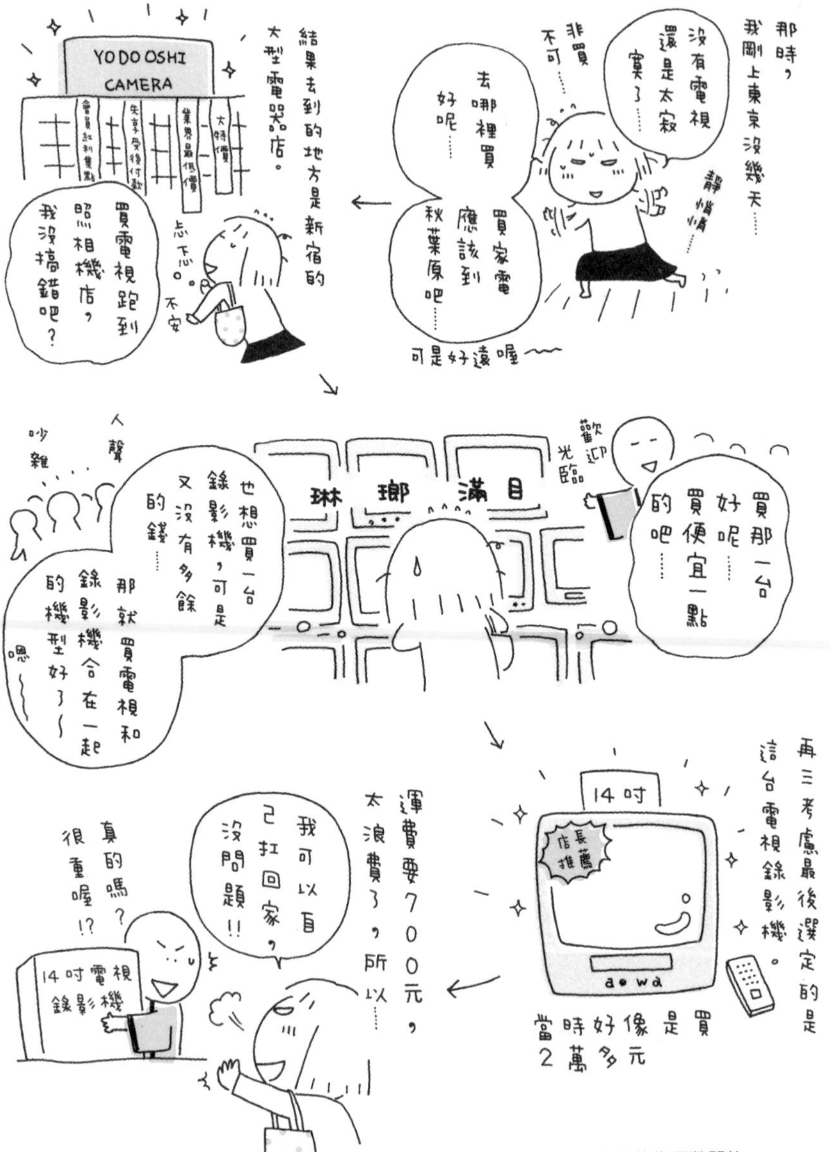

＊編注：內容出現的價錢皆為日幣單位。

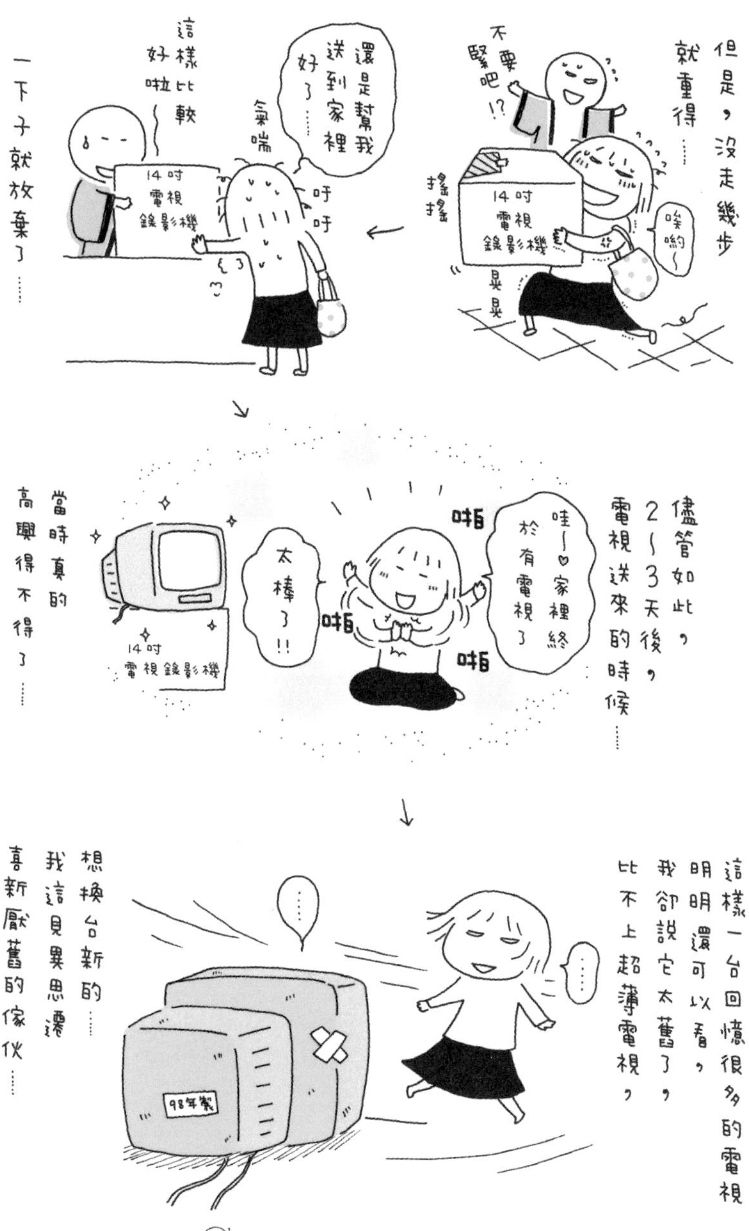

但是，沒走幾步就重得……
不要緊吧!?
唉喲～
搖搖
晃晃
14吋電視錄影機
還是幫我送到家裡好了……
氣喘
吁吁
這樣比較好啦～
14吋電視錄影機
一下子就放棄了……
儘管如此，2～3天後，電視送來的時候……
哇～♡家裡終於有電視了
啪
太棒了!!
啪
啪
14吋電視錄影機
當時真的高興得不得了……
這樣一台回憶很多的電視明明還可以看，我卻說它太舊了，比不上超薄電視，
……
……
98年製
想換台新的……我這見異思遷喜新厭舊的傢伙……

啊—對不起，對不起，親愛的電視，我錯了!!
我不會拋棄你的
緊抱
……因此，我決定與它相伴左右，用到完全壞掉，或是已經到不能對應數位電視的收訊功能為止。
此外，最近FAX也常出狀況……
有時會夾紙
送上插畫初樣
嗶—
（傳真失敗的聲音）
皺巴巴
也沒有子機，很不方便
一方面也想這是當時好不容易才買下來的……
可是，既然立志成為插畫家，FAX就是必需品!!
生財器具!!
FAX 2500元左右
雖然比普通的電話機貴，可是還是非買不可!!
還有因為天氣實在太熱了，第一年夏天就買了一個便宜的電風扇……
哇—買到一個又便宜又可愛的電風扇♥
豔陽高照
為了節省冷氣的費用，今年夏天就用這個撐過去吧—!!
太熱天裡自己帶回家
是該換一個好一點的電風扇了，可是它還在努力為我服務……
老舊
嘰—
……
有時會停掉
想到當初買的時候那種喜悅，就捨不得丟了……。

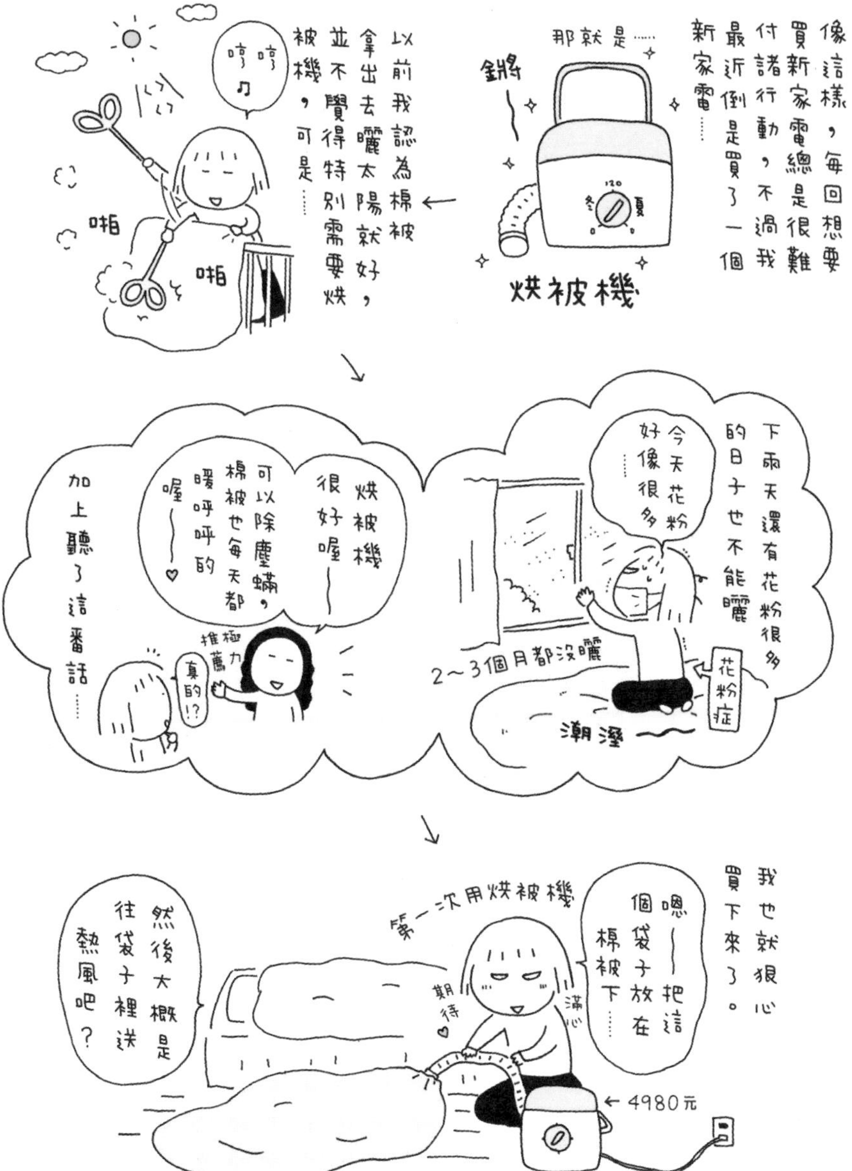
像這樣，每回想要買新家電總是很難付諸行動，不過我最近倒是買了一個新家電……
那就是……
鏘~
烘被機
以前我認為棉被拿出去曬太陽就好，並不覺得特別需要烘被機，可是……
哼哼♪
啪
啪
下雨天還有花粉很多的日子也不能曬
今天花粉好像很多……
2~3個月都沒曬
花粉症
潮溼
烘被機很好喔~
可以除塵蟎，棉被也每天都暖呼呼的喔~♡
極力推薦
真的!?
加上聽了這番話……
我也就狠心買下來了。
嗯~把這個袋子放在棉被下……
第一次用烘被機
滿心期待♡
然後大概是往袋子裡送熱風吧？
← 4980元

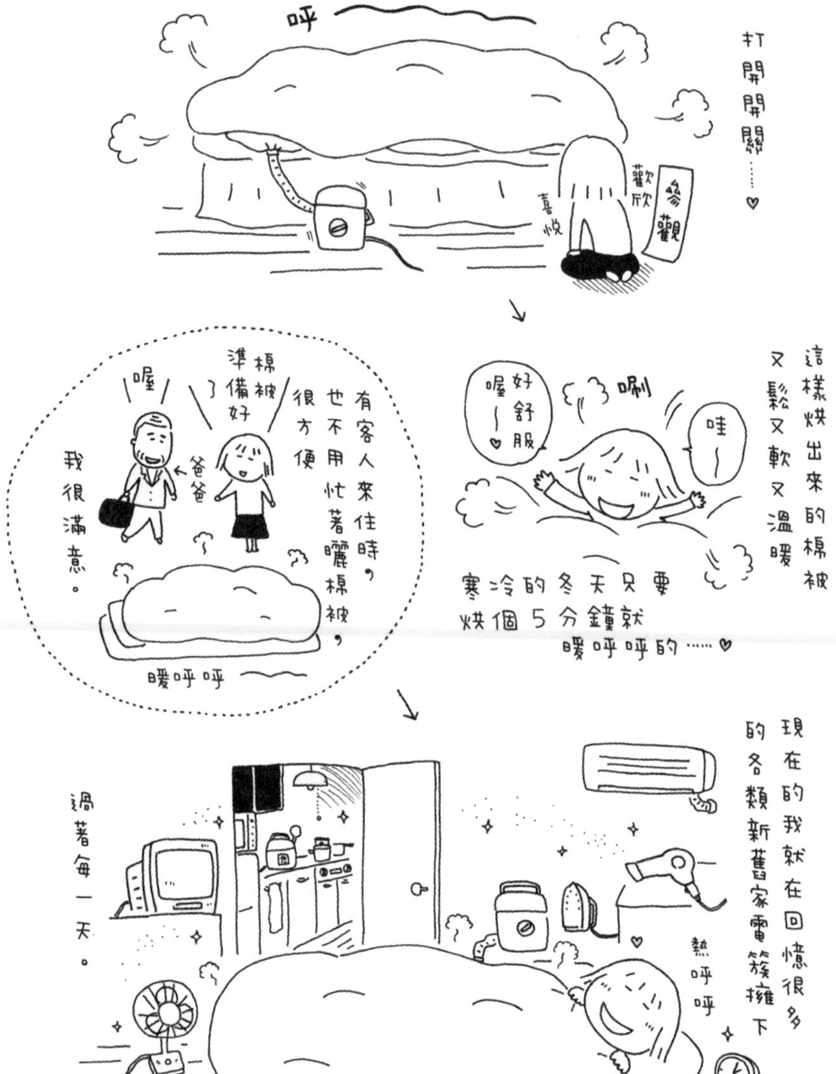
打開開關……♡
呼
歡欣
喜悅
參觀
這樣烘出來的棉被又鬆又軟又溫暖
唰
好舒服喔～♡
哇～
寒冷的冬天只要烘個5分鐘就暖呼呼的……♡
有客人來住時，也不用忙著曬棉被，很方便
棉被準備好了
喔
爸爸
我很滿意。
暖呼呼
現在的我就在回憶很多的各類新舊家電簇擁下
熱呼呼
過著每一天。

爸爸來住我家時也會追問
為什麼這電視上的人的鼻子都是藍色的啊？
嗯——這個……
驚

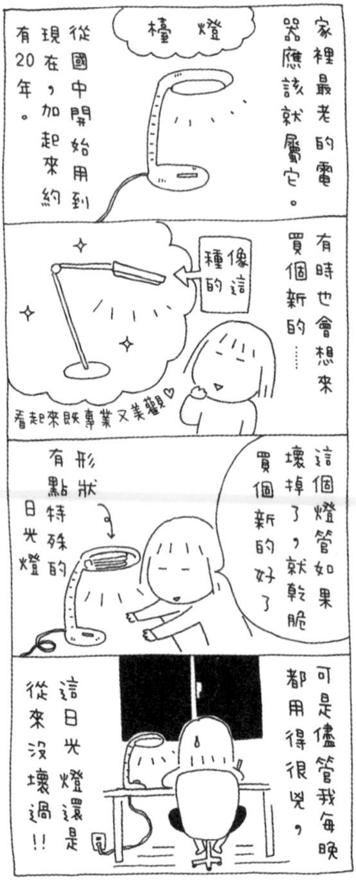

家裡最老的電器應該就屬它。
檯燈
從國中開始用到現在，加起來約有20年。
有時也會想來買個新的……
像這種的
看起來既專業又美觀♡
這個燈管如果壞掉了，就乾脆買個新的好了
形狀有點特殊的日光燈
可是儘管我每晚都用得很兇，
這日光燈還是從來沒壞過!!

我愛DIY

有時會想給一個人住的屋子多添些傢俱……
可是，這麼一來屋裡就會變得很窄。
餐桌和餐椅
很大～～
餐具櫃
傢俱又貴～
而且搬家的時候也很麻煩……
唉喲～
書櫃
所以很難添購傢俱。
對了!!
簡單的傢俱的話，我可以自己做啊!?
靈機一動
這樣既省錢，大小也可以隨自己的需要
有一天，我突然臨時起意……
我在網購上找到一家便宜的木材店，連忙下了訂單。
送……
送東西來了……
好重喔……
28cm
182cm
松木板
一片1350元，買了五片

＊編注：內容出現的價錢皆為日幣單位。

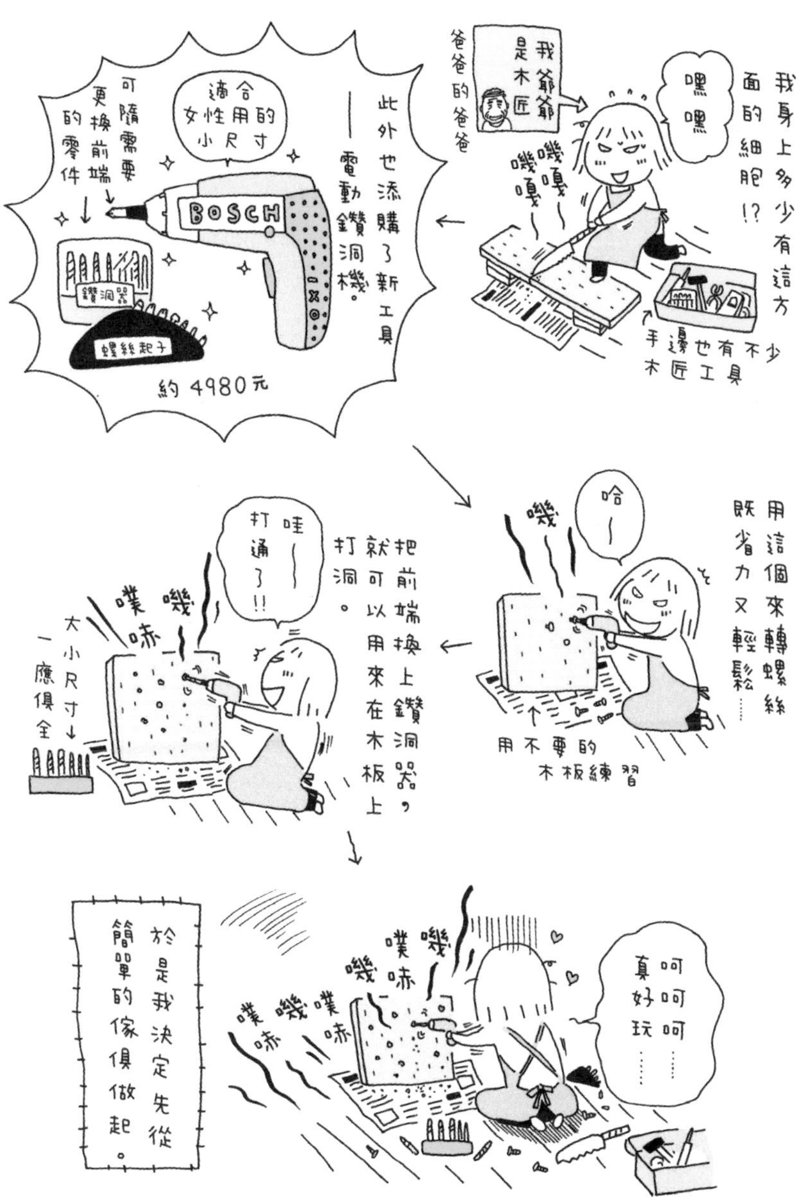

作為木匠的孫子，我身上多少有這方面的細胞!?
嘿嘿
我爺爺是木匠
爸爸的爸爸
嘰嘎嘰嘎
手邊也有不少木匠工具
此外也添購了新工具——電動鑽洞機。
適合女性用的小尺寸
可隨需要更換前端的零件
BOSCH
鑽洞器
螺絲起子
約4980元
用這個來轉螺絲既省力又輕鬆……
哈——
嘰
用不要的木板練習
把前端換上鑽洞器，就可以用來在木板上打洞。
哇——打通了!!
噗哧 嘰
大小尺寸一應俱全
於是我決定先從簡單的傢俱做起。
呵呵呵呵……真好玩……
噗哧 嘰 噗哧 嘰 噗哧

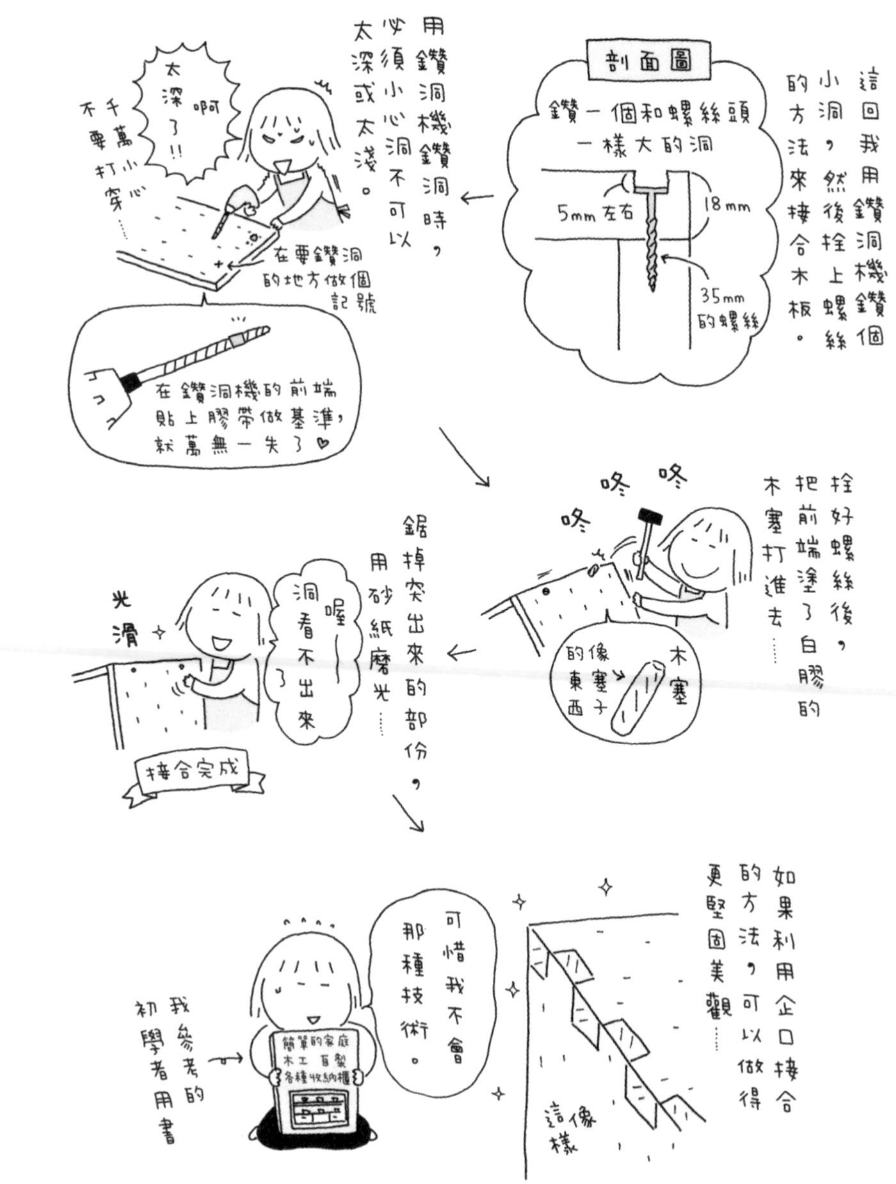
這回我用鑽洞機鑽個小洞，然後拴上螺絲的方法來接合木板。
剖面圖
鑽一個和螺絲頭一樣大的洞
5mm左右
18mm
35mm的螺絲
用鑽洞機鑽洞時，必須小心洞不可以太深或太淺。
太深了!! 啊
千萬小心不要打穿……
在要鑽洞的地方做個記號
在鑽洞機的前端貼上膠帶做基準，就萬無一失了♡
拴好螺絲後，把前端塗了白膠的木塞打進去……
咚 咚 咚
木塞
像塞子的東西
鋸掉突出來的部份，用砂紙磨光……
喔 洞看不出來了
光滑
接合完成
如果利用企口接合的方法，可以做得更堅固美觀……
像這樣
可惜我不會那種技術。
我參考的初學者用書
簡單的家庭木工 自製各種收納櫃

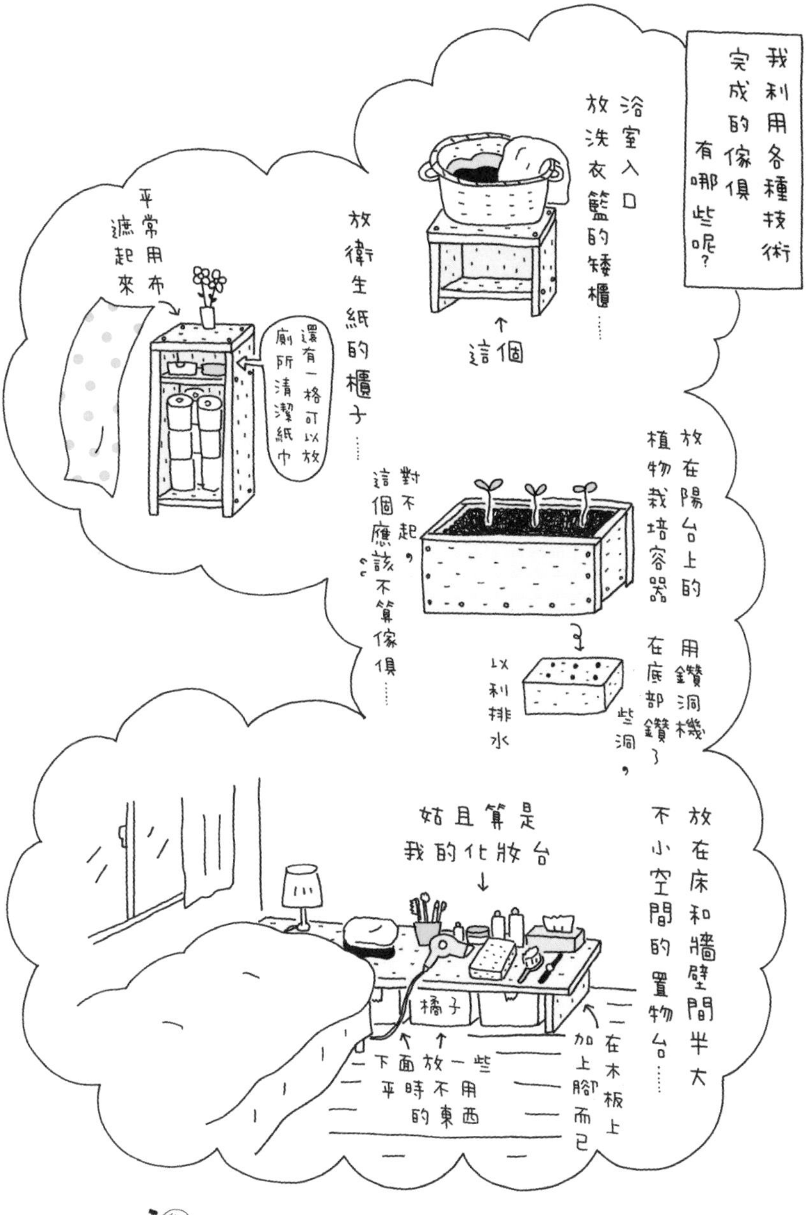
我利用各種技術
完成的傢俱
有哪些呢？
浴室入口
放洗衣籃的矮櫃……
這個
放衛生紙的櫃子……
還有一格可以放
廁所清潔紙巾
平常用布
遮起來
放在陽台上的
植物栽培容器
用鑽洞機
在底部鑽了
些洞，
以利排水
對不起，
這個應該不算傢俱……
放在床和牆壁間半大
不小空間的置物台……
姑且算是
我的化妝台
在木板上
加上腳而已
下面放一些
平時不用
的東西
橘子

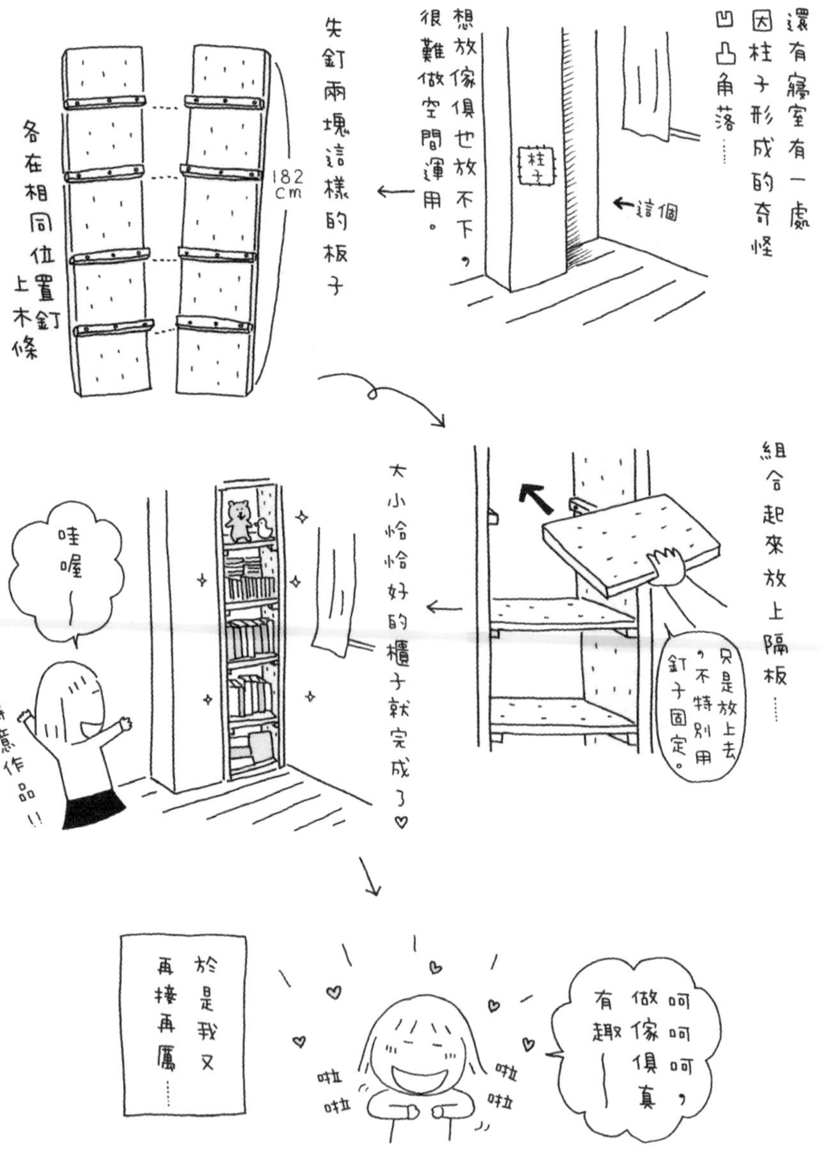
還有寢室有一處因柱子形成的奇怪凹凸角落……
柱子
←這個
想放傢俱也放不下，很難做空間運用。
先釘兩塊這樣的板子
182cm
各在相同位置上釘木條
組合起來放上隔板……
只是放上去，不特別用釘子固定。
大小恰恰好的櫃子就完成了♡
哇喔
得意作品!!
呵呵呵呵，做傢俱真有趣
啦啦
啦啦
於是我又再接再厲……

又訂了木材……
送東西來了
還添購了電動鋸子
這個新工具!!
鏘~
電動圓鋸
在家庭五金
大賣場買的
2980元左右
不料，
這電動鋸子……
唉喲~
嘰
電動鋸子
出來的風
嘰
嘰
用起來
還真恐怖……
可……可是，
既然買了，
還是得用……
心驚
膽跳
好……
一……
二……
三……
心驚
嘰
嘰
嘰
嘰嘎~
嘰嘎~
啊~

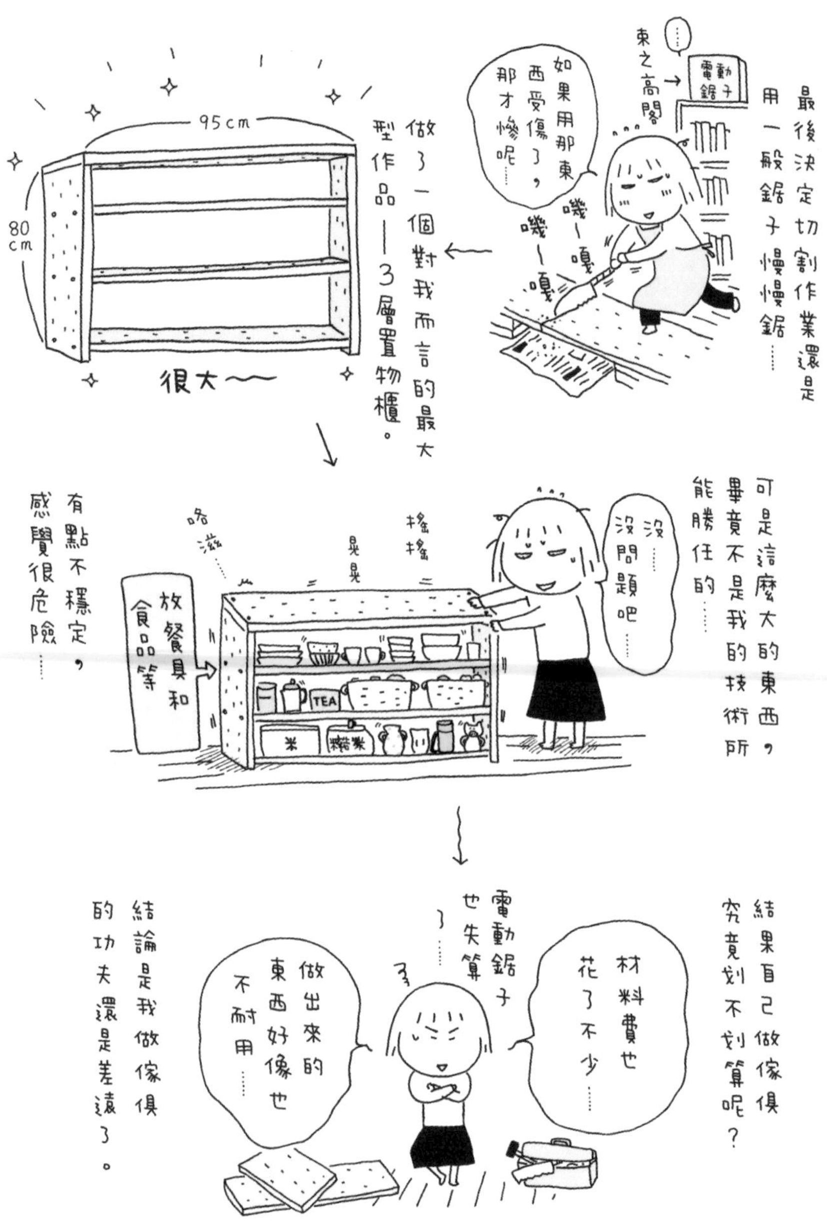
最後決定切割作業還是用一般鋸子慢慢鋸……
……
電動鋸子
東之高閣
如果用那東西受傷了，那才慘呢……
嘰～嘎～
嘰～嘎～
做了一個對我而言的最大型作品——3層置物櫃。
95cm
80cm
很大～～
可是這麼大的東西，畢竟不是我的技術所能勝任的……
沒……沒問題吧……
搖搖
晃晃
咯滋……
放餐具和食品等
TEA
米
有點不穩定，感覺很危險……
結果自己做傢俱究竟划不划算呢？
材料費也花了不少……
電動鋸子也失算了……
做出來的東西好像也不耐用……
結論是我做傢俱的功夫還是差遠了。

後來，我做的栽培容器的底也掉了……

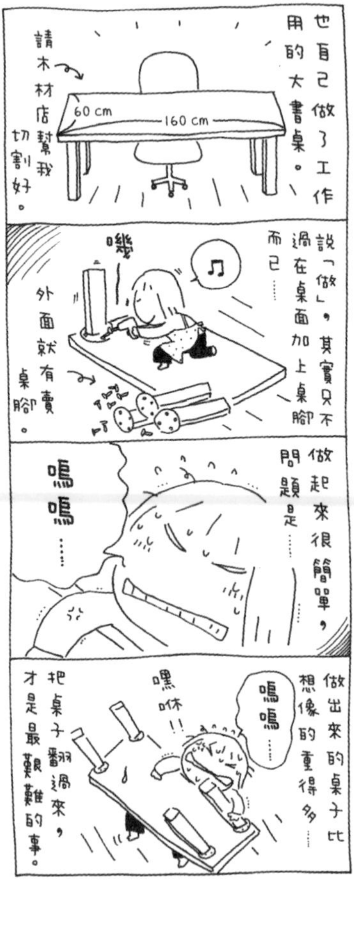
也自己做了工作用的大書桌。
請木材店幫我切割好。
60 cm
160 cm
說「做」，其實只不過在桌面加上桌腳而已……
嘰
外面就有賣桌腳。
做起來很簡單，問題是……
嗚嗚……
做出來的桌子比想像的重得多……
嗚嗚……
嘿咻!!
把桌子翻過來，才是最艱難的事。

沒和別人說話的3連假

我是一個在家工作者……
正在畫插畫
默默
不語
經常一整天窩在家裡……
唉～老是畫不好～
搔頭
搔頭
來不及交稿了啦～
今天只有工作上mail的往來，沒和任何人見面，也沒和任何人說話。
工作還有一大堆
砰
啊～已經晚上了
先休息一下吧～♡
※經常一個人碎碎念
剛開始一個人住時，一個人在家總覺得好寂寞……
靜悄悄
好安靜喔
有時也不免想家……
爸媽
狗狗

而我現在已經完全習慣一個人的生活
呵呵呵來看個電視吧~
按
有沒有什麼好看的節目啊？
習慣到有點可怕的地步……。
咯滋
咯滋
油炸糖點心
TV
小白過來!!
汪
汪
調教笨狗小白
啊，正在播「歡樂寵物王國」耶!!♡
哈哈哈
喂，等等我啊
汪汪
今天的股價是……
NEWS
唉，結束了，接下來就只剩下電視新聞了。
按
偶爾也得看看電視新聞才行~
從明天開始是3天的連續假期!!
是的!!
噫!?

我是個自由工作者，往往疏於注意假日節慶
明天開始連放3天假？
噫!?
應該會有很多人外出度假。
祝大家有個愉快的假期。
糟……糟糕，大家都在準備迎接3連假，
根本忘記了，還說這些……
堆積如山
瞄
而我不僅沒有出遊的計畫，還工作一大堆……
心情不由得有些低落，所以這天晚餐也就隨便吃吃，沒出去採買……
唉～
滋
叨叨
然後負氣上床睡覺……
呼嚕
呼嚕

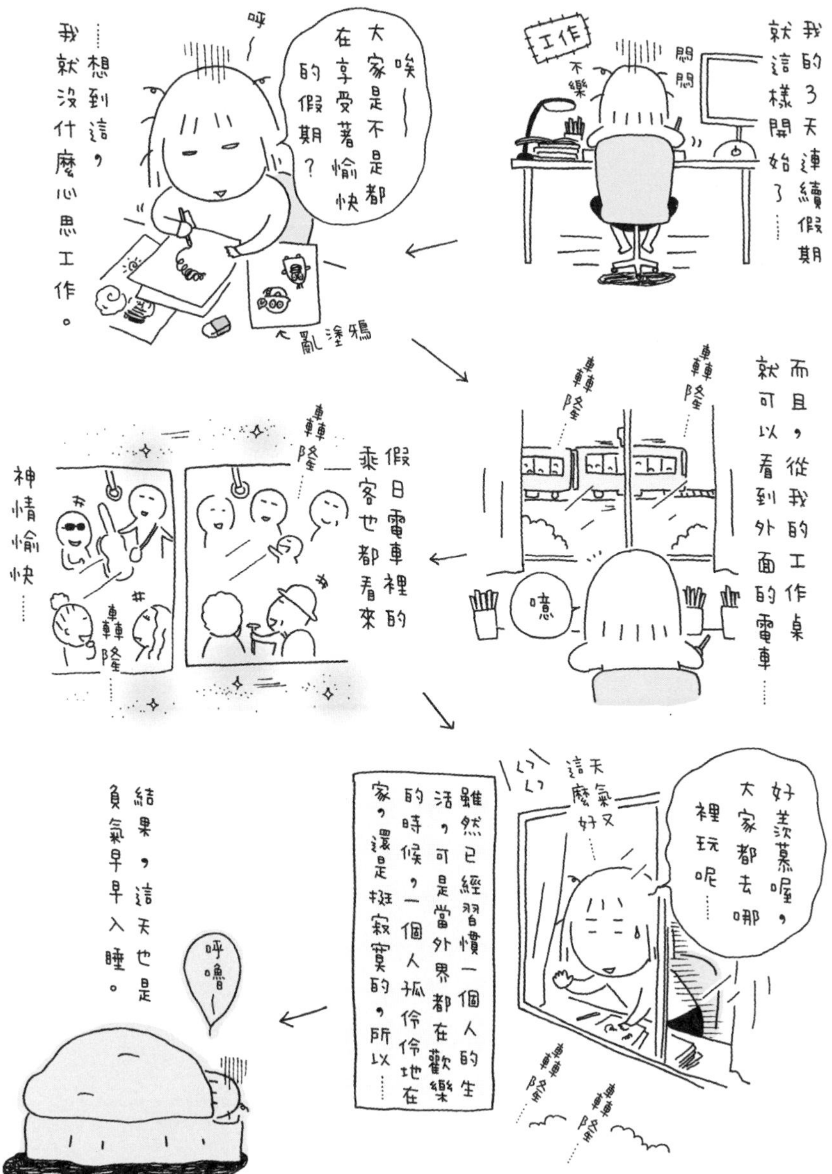
我的3天連續假期就這樣開始了……
工作
悶悶不樂
唉～大家是不是都在享受著愉快的假期？
呼～
……想到這，我就沒什麼心思工作。
亂塗鴉
而且，從我的工作桌就可以看到外面的電車……
轟隆……
轟隆……
噫
假日電車裡的乘客也都看來神情愉快……
轟隆……
轟隆……
好羨慕喔，大家都去哪裡玩呢……
天氣這麼好又……
雖然已經習慣一個人的生活，可是當外界都在歡樂的時候，一個人孤伶伶地在家，還是挺寂寞的，所以……
轟隆……
轟隆……
結果，這天也是負氣早早入睡。
呼嚕

第2天也是大好天氣。
風和日麗
出外踏青的絕佳天氣♡
然而我卻陷入自我厭惡的情緒裡
唉……昨天也是一個人待在家裡悶一天……
這樣等於是自我封閉嘛……
而……而且，工作也沒進展……
明明待在家裡，卻……
幾番思量的結果是，老是一個人待在家，是不會有幹勁的！
嘿咻
因此，就決定去跑步散心兼運動。
豔陽高照
呼～呼～還是外面清爽宜人，好舒服喔～
喘
喘
覺得身心都舒暢起來了♡
水
咯
咯
然後上超市買了我愛吃的鰹魚沙西米。
看起來鮮嫩美味!!
南下鰹魚
當季美味

明天也沒有約……
哇哈哈好好吃喔～♡
人還是要好好地攝取飲食～♡
運動後吃起來更美味
於是就毫無顧忌地大啖大蒜，不需在意它的味道。
這一天在好心情下進入夢鄉。
呼嚕～
呼嚕～
大蒜的味道
接著是連續假期的最後一天……
哎呀～明明有3天假期，怎麼搞的……
加緊
趕工
工作卻一點進展也沒有～
必拚命地工作！
說什麼沒計劃出遊太無趣啦……
說什麼沒心情工作……
哎呀～
散發氣味
還有大蒜的味道
這些都只是藉口……
自己根本是在逃避現實，逃避工作……

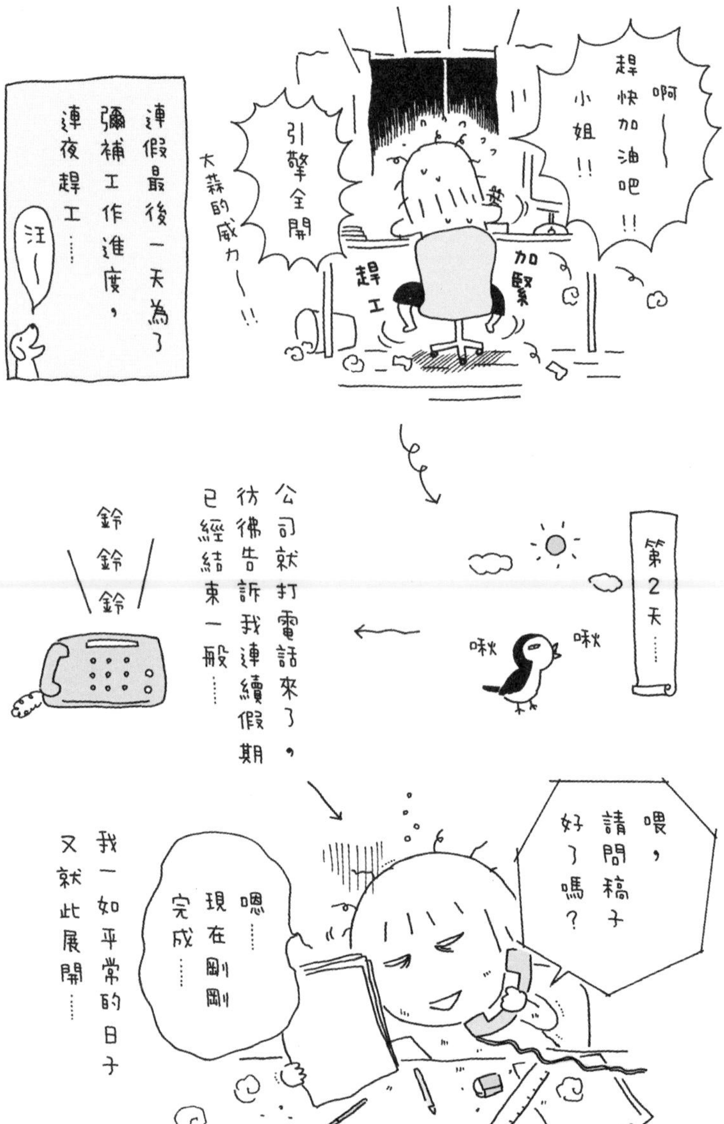

啊～～
趕快加油吧!!
小姐!!
引擎全開
大蒜的威力～!!
加緊
趕工
連假最後一天為了
彌補工作進度,
連夜趕工……
汪～
第2天……
啾
啾
公司就打電話來了,
彷彿告訴我連續假期
已經結束一般……
鈴鈴鈴
喂,
請問稿子
好了嗎?
嗯……
現在剛剛
完成……
我一如平常的日子
又就此展開……

今天只見到宅配員一個人而已……
請簽名……
好的，謝謝～～。
↑今天唯一的對話
這種日子也時而有之。

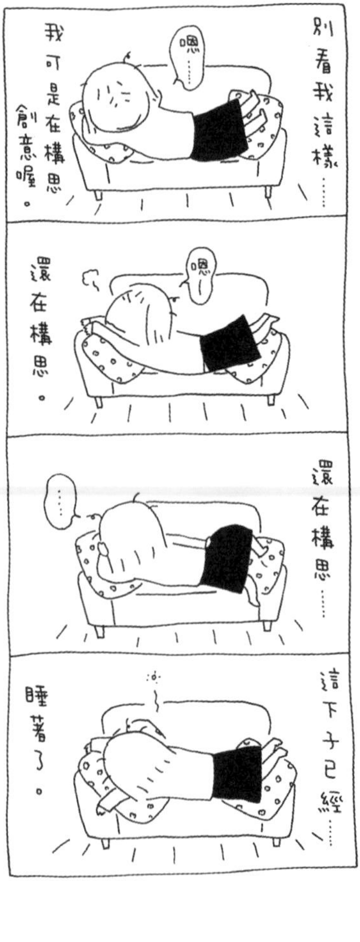
別看我這樣……
嗯……
我可是在構思創意喔。
嗯
還在構思。
還在構思……
……
這下子已經……
睡著了。

令人沮喪的陽台

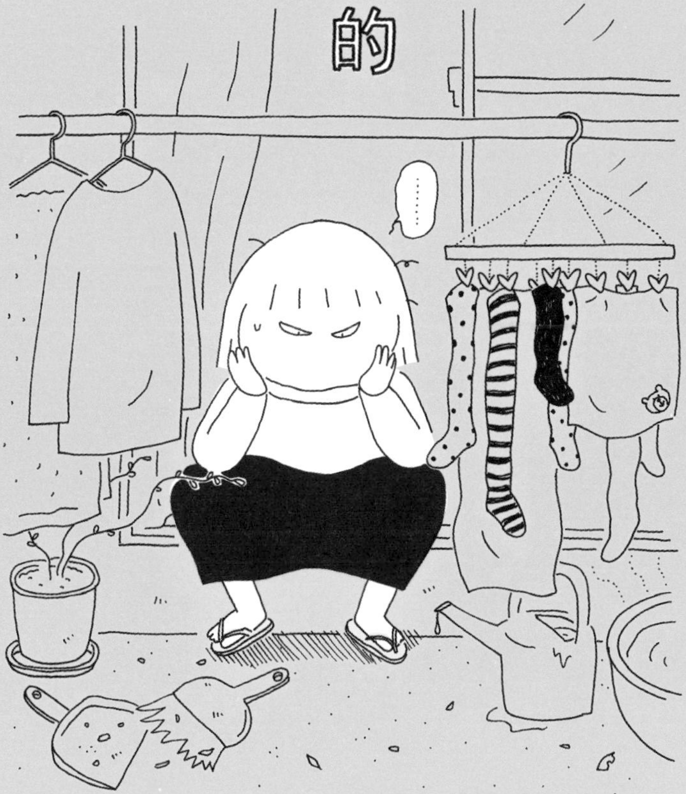

我家的陽台雖然是朝南的，但是陽台很小又曬不到太陽。
曬衣服的竿子又釘在下面，顯得更窄。
2F

為什麼朝南，卻曬不到太陽呢？原因就出在對面有一棟很大的大樓……
高聳
5F建築
哼
因此視野也不好。

或許也因為曬不到太陽，
……
生長
不良
我在陽台上種的一些植物都顯得沒什麼生氣……

在陽台上享受悠閒時光，乃是我的夢想……
嚮往的陽台LIFE
景致優美
有一棵很大的植物
躺在躺椅上喝香檳
可是，現實與夢想卻相距甚遠。
潮濕
潮濕
正在用百元商店買的掃把打掃
有一次，朋友夫婦在看這樣一本小冊子。
目不轉睛
噫？
營造群落生境
嗯這個，群落生境就是……
關西人
群落生境是什麼啊？

據朋友告訴我，
群落生境的意思是，
有「各種生物棲息的空間」……（德文）
聽說最近有點流行一種迷你群落生境，就是用睡蓮缸等來重現天然的水池……
把水和泥土放進去，再放些水草，養養目高魚
群落生境
真～～的？
聽了這番話，
靈機一動
對了!!
我連忙去買了一個睡蓮缸。
好……好重……喔……
2980元
約50碗泡麵大

＊編注：內容出現的價錢皆為日幣單位。

然後把土放進去……
很賣力
也有賣這種東西
群落生棲用土
加水，放水草。
哇喔——水池完成了。
呵呵呵……
對了，得放些居民才行。
於是我到了附近的寵物店。
給我5條目高魚
老先生
好的!!
目高魚
5條100元
噫！這邊的水槽是……
泥鰍
1條100元
嘿，泥鰍耶!!
滑溜溜

5條目高魚和1條泥鰍就這樣住進了我的水池……
來吧，這就是你們的家囉。
嘿咻
推
把蓮花缸放到陽台的一角。
池子雖小，可是望著它就覺得內心恬靜不少。
呵呵呵……目高魚們游成一排耶……
好可愛喔～♡
好久沒看到這種悠閒的景象了……
不由得想起小時候……
太久沒接觸大自然了
感從中來
不要跑
哇哈哈
總喜歡玩得一身髒
也因此，我很高興陽台上能有這樣一個恬靜角落……。

但也許因為照不到太陽，
水草漸漸變得了無生氣……
變黃了
因為無法行光合作用嗎？
軟綿綿～
結果，有一天目高魚全都死光了。
哎呀～
浮
嗚～目高魚……再見了……
唰唰……
ㄎㄤ……
埋在盆栽裡
而泥鰍依舊活得很好，輕快地游來游去，可是……
精力太充沛，跳來又跳去……
跳～
啊～
有天早上一看，泥鰍竟然乾死在水缸外……。

嗚嗚嗚，泥鰍先生
唰唰
靜悄悄～
埋葬……
因此，我的水池也就沒有任何居民了……
可是，後來我發現池子裡有石卷貝棲息，大概是本來黏在水草上的。
啊，有居民耶!!
石卷貝
小小的螺類
之後，我又放了各種水草進去，可是也都長不好……
沮喪～
聽說這可是會開花的水草咧……
毫無生氣～
反倒是像海帶薄片的藻類大量出現……
啊……啊……
叢生～
也許是環境適於生長，石卷貝也快速繁殖起來……

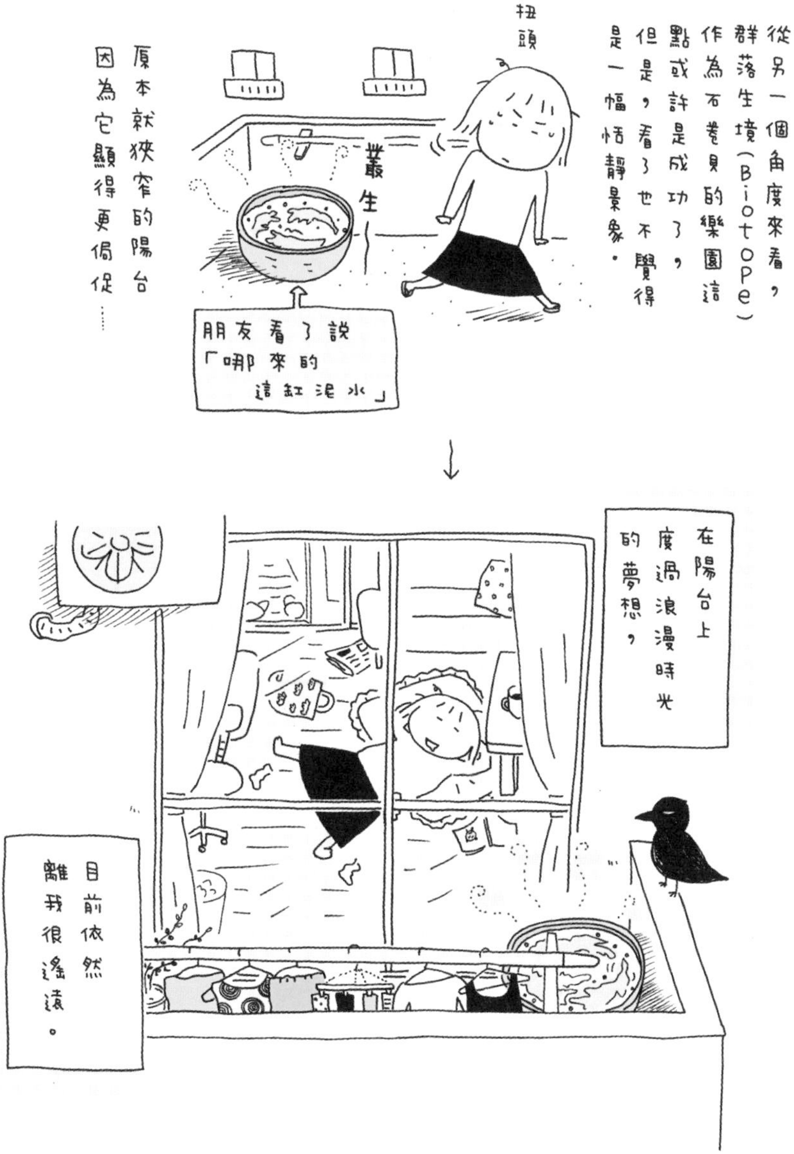
從另一個角度來看，群落生境（Biotope）作為不養貝的樂園這點或許是成功了，但是，看了也不覺得是一幅恬靜景象。
扭頭
叢生
朋友看了說「哪來的這缸泥水」
原本就狹窄的陽台因為它顯得更侷促……
在陽台上度過浪漫時光的夢想，
目前依然離我很遙遠。

好像是一個人住。
喀嚓
喀嚓
可是平常每天都在家。
啪
啪
經常一個人碎碎念。
啊，另外一隻襪子怎麼不見了～
嘟囔
嘟囔
嘟囔
為什麼都湊不起來呢？真是的！
隔壁那個人一定有問題……
也不知道是幹什麼的？
半夜電燈還亮著～
常常有宅配送東西……
或許在鄰人眼中我才是個像謎一樣的人物……。

講究好湯頭

開始一個人住到現在，我基本上都是自己做飯……
哼
哼
咚
咚
咚
但內容上逐漸有些變化……
應該好了吧？
喀嚓
其中之一就是湯頭……。
以前動不動就用市面上的柴魚粉……
風味一番
柴魚高湯粉
or
天然湯頭包
偶爾也用便利包。
有一次自己提湯頭做味噌湯，發現還是這樣做出來的湯頭美味……
啊，跟平常完全不一樣 好好喝喔!!
厚片柴魚
香味四溢～……
從此以後就都自己提湯頭

後來，自然而然也就很少買市面上的「綜合調味料」。
像這些
麵醬汁
醋醬油
沙拉醬
調味汁
肉類
以前就覺得買這種東西，一個人要用完實在是很困難……
哎呀～～
還有一半以上，可是沙拉醬的保存期限已經……
沒吃完就膩了。
也覺得自己做的比較美味……
素麵的醬汁也是自己做的好吃……♡
呵呵呵……
醬油
甜料酒
柴魚
香菇
海帶
最近發現了香菇的美味……。
醋醬油也不需要買很貴的，自己做就好了～
嘻嘻……
份量隨我意～
醬油
醋
最近經常這麼做。
把擠過的酸橘皮放進洗澡水裡會散發一種清香喔……♡

湯頭可以一次做很多，放冷凍庫備用，很方便喔。
冷凍烏龍麵
冷凍湯頭
放進保鮮盒裡
冷凍的白飯，從以前就經常把白飯冷凍備用。
這也許就是人隨年齡增長，味覺自然而然改變偏向健康取向的道理……
沙拉醬也喜歡橄欖油＋鹽＋檸檬汁這種清爽口味的……
味道濃醇的已經……
OIL
醋
也放大蒜
想想小時候，家裡吃的也多是這種天然簡單調味的東西……
這是用鹽抓一抓的小黃瓜
和涼拌烤茄子——
哎喲——從味噌湯裡跑出一條小魚乾——
不清楚是那時候沒賣什麼綜合調味料，還是媽媽沒用。
幾番周折，如今或許我又回到小時候的味覺。
恍然大悟
不知不覺間吃納豆都加內附的調味包，可是……
還是自己加醬油好吃!!
我覺得內附的調味包大多太甜……

雖然會做的菜色沒增加，可是我有時還是會研究一下食譜。
美食食譜
嗯 嗯
米飯社
簡單食譜
或用網路搜尋食譜……
最近我時興的是……
蒸食
這個蒸鍋是朋友結婚送的回禮。
把這東西放進鍋裡。
平常我吃魚不外乎是沙西米烤魚，可是前些時候心血來潮地嘗試了「清蒸鯛魚」
嗯——鯛魚片上灑些鹽和酒……
配上一點菇類，用鋁箔紙包起來
結果蒸出來的魚鮮嫩多汁，非常成功!!
哇喔——好好吃喔，很高級的味道耶——♡
跟餐廳的一樣耶
從此以後，我就常常把各種東西拿來蒸
好好吃喔——♡
蒸好的南瓜上面撒點鹽巴而已，當做我的點心。

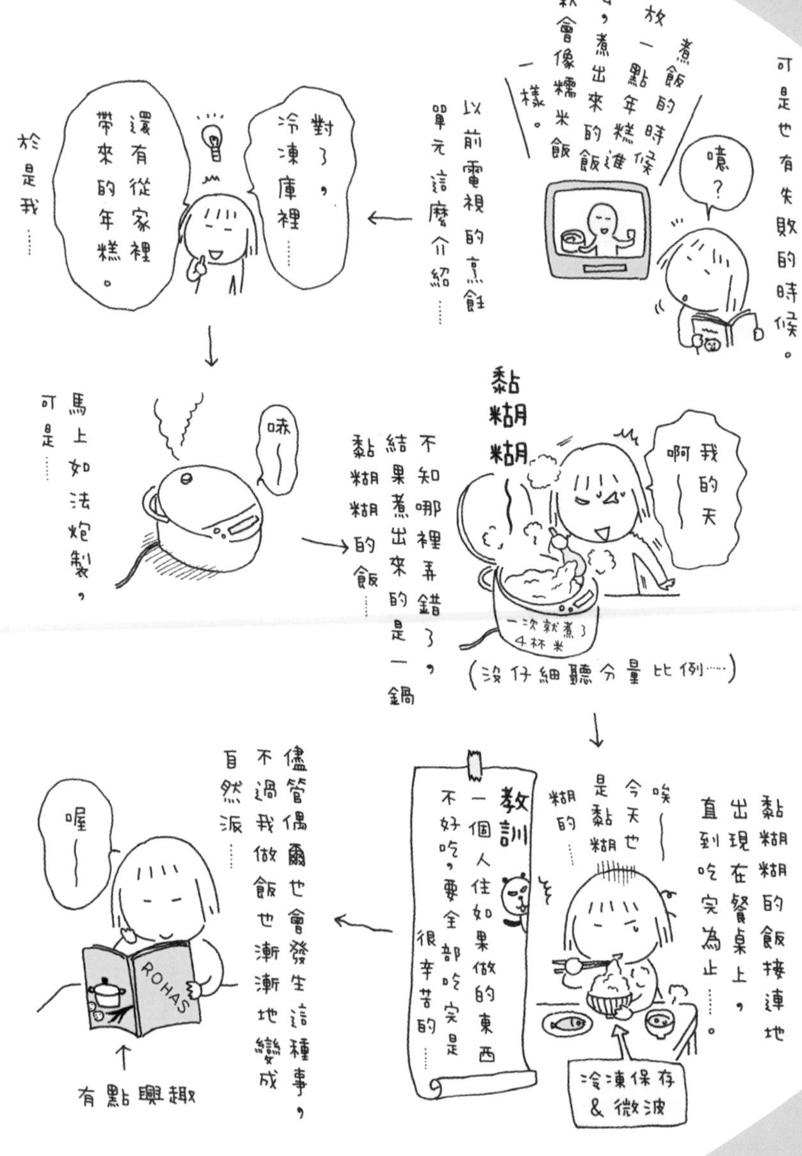
可是也有失敗的時候。
嗯？
煮飯的時候放一點年糕進去，煮出來的飯就會像糯米飯一樣。
以前電視的烹飪單元這麼介紹……
對了，冷凍庫裡……
還有從家裡帶來的年糕。
於是我……
馬上如法炮製，
可是……
咻～
不知哪裡弄錯了，結果煮出來的是一鍋黏糊糊的飯……
黏糊糊
我的天啊～
一次就煮了4杯米
（沒仔細聽分量比例……）
黏糊糊的飯接連地出現在餐桌上，直到吃完為止……。
唉～今天也是黏糊糊的……
冷凍保存 & 微波
教訓
一個人住如果做的東西不好吃，要全部吃完是很辛苦的……
儘管偶爾也會發生這種事，不過我做飯也漸漸地變成自然派……
喔～
ROHAS
有點興趣

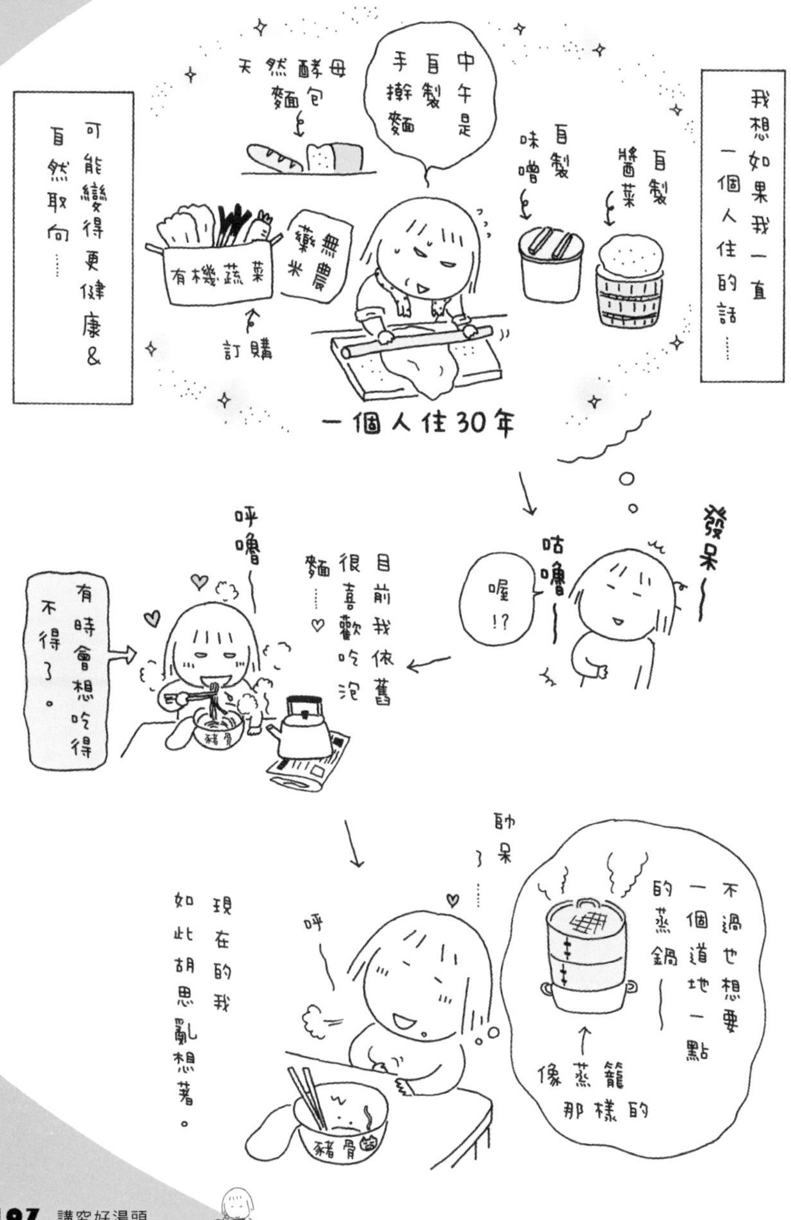
我想如果我一直一個人住的話……
中午是自製手擀麵
天然酵母麵包
自製醬菜
自製味噌
無農藥米
有機蔬菜
訂購
可能變得更健康&自然取向……
一個人住30年
發呆～
咕嚕～
喔!?
目前我依舊很喜歡吃泡麵……♡
呼嚕～
豬骨
有時會想吃得不得了。
發呆了……
不過也想要一個道地一點的蒸鍋～
像蒸籠那樣的
呼～
現在的我如此胡思亂想著。
豬骨

想要粗野一下時……
呼嚕～
就著鍋子直接吃泡麵……♡

我做飯是以日本飲食為主。
很喜歡♡
納豆
茶
海苔
味噌湯
白飯
醬菜
整體看來未免太暗淡了
像個老太婆一樣……
因此……
就擺得洋風一點、美麗一點。
時髦納豆飯
半熟蛋
海苔
醬菜
白飯
納豆
味噌湯
可是吃起來一點也不美麗……
用湯匙
很不好吃……
所以再也沒下回了……。
混在一起——

拙劣防盗法

第9年

我基本上是一個膽小鬼，因此頗注意種種居家安全，可是……
啪
好像有什麼聲音!?
一個人住久了，也就漸漸地鬆懈下來……
迷糊
前幾天在常去的附近澡堂悠哉泡湯時
呼—♡
也有天然湧泉，是一個很棒的澡堂。
啊
哼哼
對了……
噗通
瓦斯爐該不會沒關吧!?
在提湯頭
咕嘟
咕嘟

不……不會，我絕對不會沒關瓦斯爐就出門的……
我記得我關了……
喀擦
出門的時候
嗯……
可是，如果萬一……萬一……
我忘記關了……
咻 咻
忐忑
不安
結果我放心不下，也無法繼續悠哉泡澡，決定立刻趕回家……
男
女
哎呀～
糟糕糟糕!!
衝衝衝
萬一回到家是這樣該怎麼辦……
啊～
人聲吵雜
喔依喔依
剛洗完澡，卻全身發冷……
看妳要怎麼賠償!!
延燒
這件事妳要負責!!
附近的人
房東
賠償
對不起
對不起
事情大條了～
哎呀～

回到家一看，瓦斯關得好好的。
靜悄悄～～
呼～呼～
筋疲力盡……
太好了……呼……
砰
好個頭啦!!
難得的泡湯時間就這樣
這都是因為沒有徹底養成出門前關瓦斯總開關的習慣才會這樣。
暫時外出時，有時也會忘記關……
又有一次，我半夜在客廳休息時，突然……
哇哈哈……
怎麼這樣
喀擦喀擦喀擦
咦？
TV
啊
哇哈哈
喀擦
喀擦
有……有人……
哎呀
在開我家的門鎖耶!!該不會是精神變態的吧!?
喀擦喀擦

而……而且，我竟然沒上門鏈!!
喀擦
喀擦
啊 鎖如果被打開了，那就慘了!!
趕快套上門鏈才行!!
喀擦
喀擦
衝衝衝
可是從門孔一瞧……
!!
噫，奇怪了……
門外站的是一個年輕小姐……
心一橫把門打開……
請問……
205
哎呀
啊
噫
對不起，我是要到樓上的～
我才想怎麼打不開呢～
哪裡
哪裡
原來是同一棟樓的住戶走錯樓層。

呼～還好只是弄錯樓層的，這如果真的是壞人什麼的……
哎呀呀
如果鎖還被打開了……想到這就不由得毛骨悚然……
還是應該隨時套上門鍊，以防萬一!!
一個人住就只有自己保護自己!!
生自己的氣
反省歸反省，又有一次我還心血來潮地大白天跑去淋浴。
嘩啦～
啦啦啦～♫
啊～好舒服喔♡
白天沖澡真是一大享受!!
經常裹著一條浴巾就出來……
哎呀……糟糕!!
房間的窗戶沒關!!
在窗戶那裡曬棉被

怎……怎麼辦，衣服全都放在那邊～
衣櫥
這裡
嗯嗯……
啾
啾
※洗澡前穿的衣服已經泡在洗衣機裡了。
我想應該不會有人想看……
……
可是還是小心一下不要被看到……
窸窸窣窣
窸窸窣窣
雖然告訴自己得更小心才行……
重要的是洗澡前要關好門窗～
碎碎念
碎碎念
如果有人闖進來……
啊，妳的東西掉了喔。
喀擦
家裡的鑰匙
迷糊～
可是我還是往往掉以輕心。

那位弄錯樓層的小姐之後又弄錯了一次……。
請問……
啊
喀擦
哎呀，我怎麼又弄錯了!!
又拿鑰匙開我家的門。
據她說以前是住在別處的2樓，所以習慣老是改不過來……。

郵購的失敗經驗談

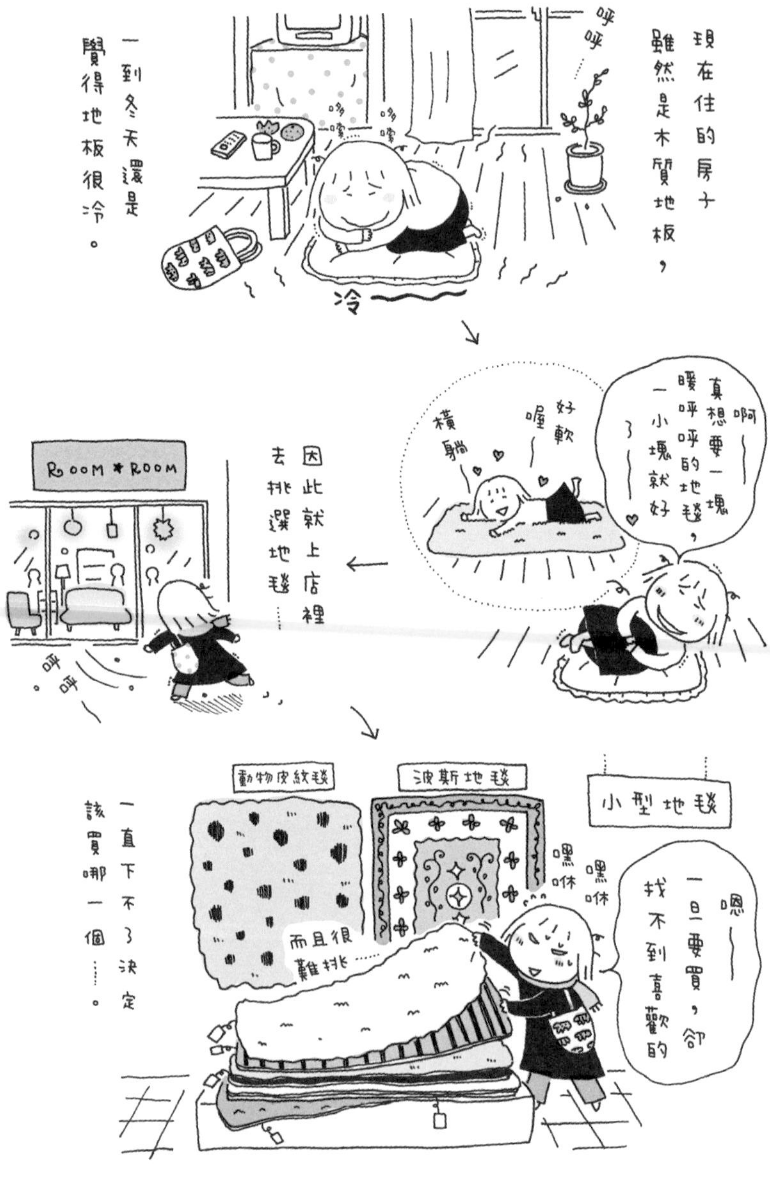

現在住的房子雖然是木質地板，
一到冬天還是覺得地板很冷。
呼呼
哆嗦
哆嗦
冷
啊～真想要一塊暖呼呼的地毯，一小塊就好了～
好軟喔～
橫躺
因此就上店裡去挑選地毯……
ROOM＊ROOM
呼呼
動物皮紋毯
波斯地毯
小型地毯
嘿咻
嘿咻
嗯～一旦要買，卻找不到喜歡的
而且很難挑……
一直下不了決定該買哪一個……。

有一天我收到了家飾裝潢郵購型錄。
砰
家飾裝潢型錄 冬季號
營造溫暖的家
喔～有各種各樣的小型地毯耶～!!
而且又容易看!!
對了，我可以用郵購啊!!
嘩啦
嘩啦
於是我決定用郵購買一塊小型地毯，可是……
嗯～太多了，反而不知道該選哪個好，乾脆選單純的白色，比較保險……
實用型地毯
單色地毯
顏色
可是白色髒了就很明顯，還是選咖啡色系或灰色系的好了……
可是顏色太暗，屋裡又顯得太單調……
碎碎念……
……前幾天去朋友家玩，她家的地毯雖然有點花稍，不過顏色很亮麗感覺很可愛～♥
請進～
打擾了
大圓點圖案
回想
家飾裝潢型錄 冬季號
感覺地毯變成屋裡的一大裝飾♥

嗯～既然型錄裡登了這麼多小型地毯……
哼哼哼……
我就乾脆選一個有花樣的～
風格獨特的～♡
不過太花稍的又和這屋子不搭調～
喔，復古新潮設計，這個不錯耶！
於是我就用郵購買了一塊小型地毯。♪
幾天後……
叮咚
給您送東西來了。
送來了～
哇哈哈地毯地毯♡
地毯果然送來了，連忙打開一看……
撕
撕
撕

砰
噫!?
這……這個!?
我看型錄挑的的確是這個花樣沒錯ㄟ
哎呀呀……
可是，顏色和感覺跟我想的有點不一樣……ㄟㄟ
儘管送來的地毯和我想的不一樣……
可是退貨也很麻煩，乾脆就將就著用。

蜿蜒～
奇怪……我明明是選一塊新潮又實用的地毯，怎麼……
覺得眼前這塊地毯很老氣，好像在哪裡看過……
啊……我知道了……
這塊地毯……與其說它是復古新潮設計……
原來它跟小時候舖在老家客廳的地毯花樣類似啊～
呈現畫面在昭和50年代……
吃飯了
吃飯了
媽媽
哇
呀
姐姐
我
弟弟
哇哈哈
在地毯上又吵又鬧的三姐弟……
打～擊
哪是復古新潮!?

說它是熟悉的花樣也不為過，但還是不中意，因此就蓋上一塊布掩飾……。
嗚嗚……還是應該買單純一點的地毯比較保險……
一大塊印度棉布
貼
貼
光把布鋪在上面還是會翻起來，只好在背面用膠帶固定……

幸好這次用郵購買地毯只算一次小失敗……
呼
現在我依舊躺在這塊地毯上面悠哉游哉。

偶～～爾做做
仰臥起坐時，
也會利用這塊地毯。
嗚……
因為在地板上做
很痛。

父母上東京

前幾天我爸媽來住我那裡。
請進 請進
嗨喲
喔～
砰
赤福
以前爸爸來住過幾次，可是媽媽是第一次到我住的地方……
這就是妳住的地方啊～
東張
西望
妳在這張桌子工作嗎？
張望
還有陽台耶
嗨喲
我去泡茶
三重縣名產
赤福
很好奇地東張西望……。
嗯～這屋子光線很好很不錯嘛。
滔滔不絕
這沙發也不錯嘛～很好看耶♡
直子啊NHK是第幾頻道啊？
啊～我來我來。
就這樣，我將在這屋子與父母共處些時日……

房間雖窄、但也勉強讓3個人排排睡……。
打鼾聲，好吵……
呼嚕
呼嚕
呼~
咻
寢室裡擠得滿滿的……
第二天早上——
啾啾……
嗯……
咚咚……
醒來時，媽媽已經在做早飯了。
7點的電視新聞
♪~
咚咚
哎呀呀
早上精神不振
兩個人都起得很早
這是只有爸爸來住時所沒有的服務，不由得有些感動……。
只有爸爸來住時
我肚子好像餓了耶~
好的好的~
咕~
不愧是媽媽呀~
啊直子妳起來了呀~
哈哈哈
喂喂~我要做味噌湯用什麼做湯頭好呢？

湯頭嗎？我最近都是用柴魚片，把這個煮個10分鐘左右～
這個這個
柴魚厚片
喔～～
妳還真講究
還有，有什麼保鮮盒嗎？
保鮮盒有很多～
妳看，大中小!!
一應俱全
保鮮盒整理籃
啊，還有我做了涼拌青菜，有沒有碎芝麻呀～
碎芝麻？有啊，有啊！來，給妳！♡
我最近都用黑芝麻
碎芝麻
嗯……怎麼了？
嗯……
碎芝麻
沒事……沒想到妳還真的有在做飯……
低語……
什麼叫作沒想到!?
有碎芝麻有什麼好大驚小怪的。
柴魚厚片
芝麻
結果早飯都是由媽媽做……
今天的股價……
喀
喀
嚼嚼
可是有這兩個人在，頓時就充滿老家的氣氛

難得爸媽一起來，我也就興致勃勃地帶他們在東京到處玩一玩。
爬爬高尾山
到淺草觀光……
雷門
要不要吃炸饅頭？
人聲吵雜
去新宿御苑散散步……
這是花
認識很多植物
忠犬八公
去看看歌舞伎……
喔
帶他們去我喜歡的居酒屋……
呼
好好吃喔
哇哈哈
吃吃看這個吧～
同樣住東京的姐姐也一起過來
預訂的行程也轉眼過去了……
呼～
呼咻～
呼嚕～
砰
到了晚上就是這幅景象……

今天他們就要回去了……。
難得令尊令堂到東京來，我一定得跟他們致個意才行～～。
主編也會到。
企劃
這天本來是預訂跟經常合作的出版社打個招呼再回去的可是……
媽媽似乎有點緊張……。
哎呀呀，我好像有點心跳加速耶
主編也要過來是嗎？
別說那些了
趕快走啦！
是那家飯店沒錯吧？
HOTEL
我怎麼辦，好緊張喔
約在飯店大廳碰面
見面之後，媽媽發現對方人很好又很直爽……
令尊令堂都很和藹可親
嗯……啊……
是嗎？
……
噫是嗎
哎呀呵呵呵呵
人又好
和高木小姐真的很像呢
整個人就HIGH了起來。

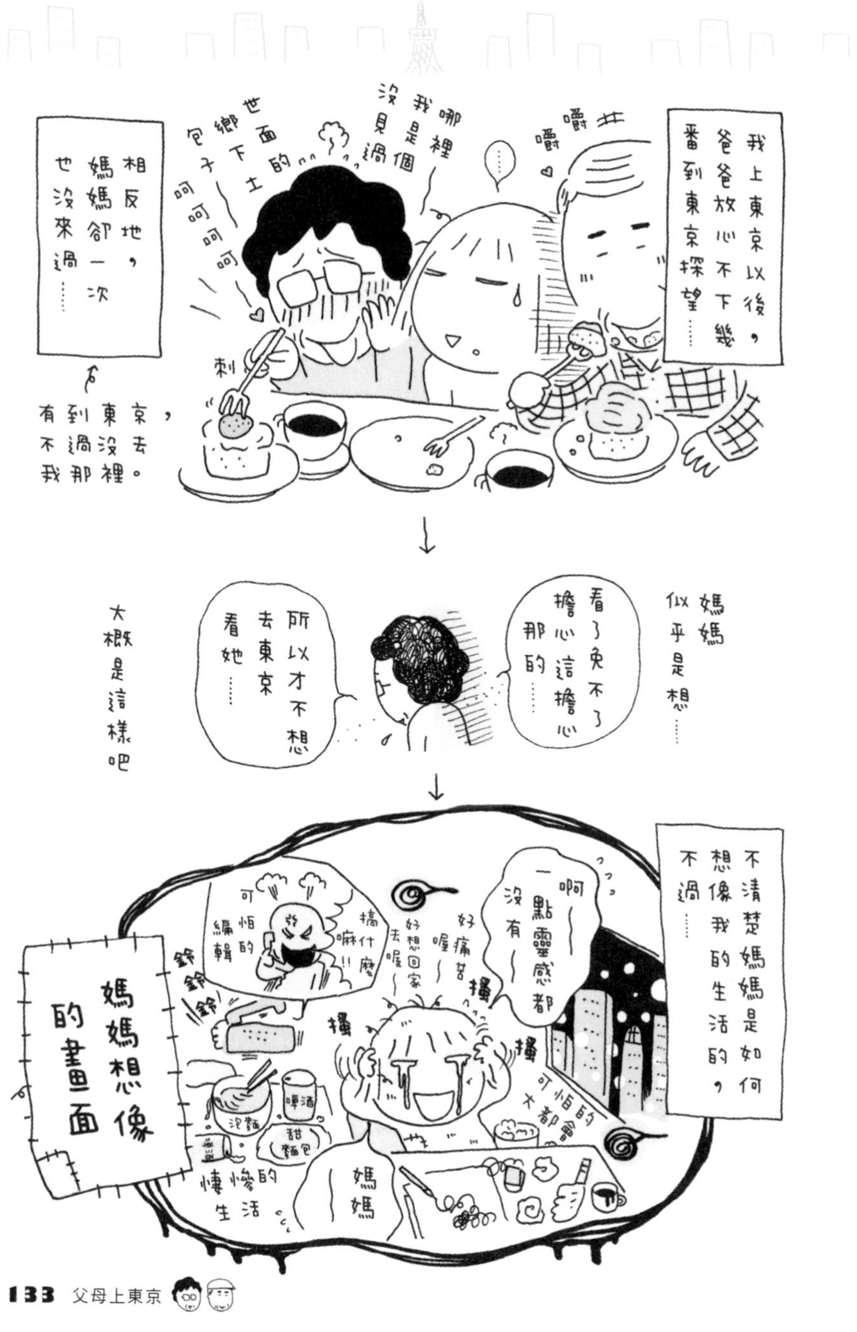

我上東京以後，爸爸放心不下幾番到東京探望……
嚼嚼
……
我哪裡是個沒見過世面的鄉下土包子
呵呵呵呵
相反地，媽媽卻一次也沒來過……
刺
有到東京，不過沒去我那裡。
媽媽似乎是想……
看了免不了擔心這擔心那的……
所以才不想去東京看她……
大概是這樣吧
不清楚媽媽是如何想像我的生活的，不過……
啊～一點靈感都沒有～
好痛苦喔～
好想回家去喔～
搞什麼嘛!!
可怕的編輯
鈴鈴鈴
搔
搔
搔
可怕的大都會
媽媽想像的畫面
啤酒
泡麵
甜麵包
悽慘的生活
媽媽

這回媽媽到東京的感想是……
嗯～直子過得比我想像的好，出版社的人也都很好，她也很認真工作……
我放心了～～!!
好東京還真是個好地方～
哈哈哈
呵呵
改天再找個機會過來住囉
歡鬧一場之後，睡著了。
呼
以上就是媽媽的感想。
……
新幹線乘車處
就這樣，爸爸媽媽心滿意足地踏上歸途……
吵吵
嚷嚷
吵雜
2
路上小心喔～
謝謝妳的招待囉～
打盹
打盹

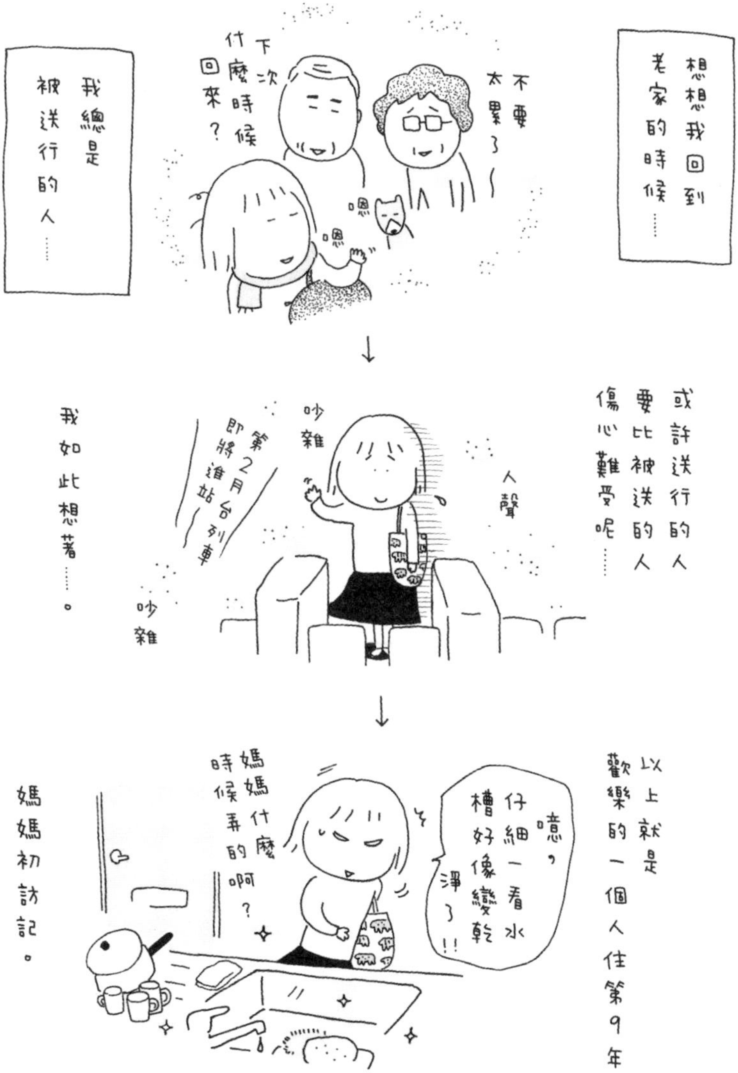

想想我回到老家的時候……
下次什麼時候回來？
不要太累了
嗯
嗯
我總是被送行的人……
或許送行的人要比被送的人傷心難受呢……
吵雜
第2月台列車即將進站
人聲
吵雜
我如此想著……。
以上就是歡樂的一個人住第9年
噫，仔細一看水槽好像變乾淨了！！
媽媽什麼時候弄的啊？
媽媽初訪記。

東京芭娜奈
雷米香
那孩子到底打算一個人住到什麼時候……？
嗯……
呼嚕
轟隆～

要一個人住到何時…？

上次年底回老家時，和3個朋友一起去吃飯。
family ♡ restaurant
是啊♫
哇喔好久不見
離家在外生活的3個人都還單身，而且一個人住……
哇才一段時間沒見就長大好多了耶
卡哇伊
嗯……得一直盯著他，好累喔
住在三重縣
咯咯
你好
2歲
住在東京
長得一模一樣耶
住在北海道
住在家鄉的那個朋友已經是一個小孩的媽……
多了一個小孩，餐桌上就顯得熱鬧無比……
真是的，老是顧著玩，不好好吃飯
麵包超人
麵包超人
好活潑喔
哇哈哈
玩具
很喜歡麵包超人♡
吃飽了嗎？不吃了嗎？

跟這朋友是從初中認識到現在……
嗯？什麼？要不要吃？
飯飯飯飯喔～
那時，大家老是搞一些莫名其妙的把戲……
妳看妳看
像不像晴天娃娃
這本漫畫很有趣喔
珈～珈
假裝彈吉他
嘿嘿嘿嘿借我看
4個人都是網球社的
嗯 真是了不起～
好厲害喔
啊～就這樣當起媽媽耶～
深深感受到歲月消逝之快……。
3個單身女子的對話
先回去了

我的老家最近也增加了一個新成員，那就是……
ㄅㄚ～
我的侄子♡
（弟弟的小孩）
也是我爸媽的第一個孫子，所以他們是喜歡得不得了……。♡
嘿嘿～
嘿嘿～
嘩啦
嘩啦
嗯
怎麼啦～
來來～
來來～
身為姑姑的我也是為他著迷。
啊嗚～
一模一樣……
話又說回來，遺傳真是不可思議，長得好像喔～
弟弟小的時候
啊
秀秀
秀秀
哇嗚
啊
真的嗎？
弟弟
新手爸爸&媽媽

哎呀，怎麼哭了!?
不知所措
老……老爸，怎麼辦!?
應該是肚子餓了。
哇
哇
哇
來，喝ㄋㄟㄋㄟ吧——
來，看這邊看這邊
看這邊
想睡覺了吧
真是的
吸
吸
那個老是掛著一條鼻涕的弟弟已經為人父了……
呀呀呀
弟弟一歲
轟隆……
茶
東想西想地，年假也已經接近尾聲……
返回東京……。
轟隆隆隆……

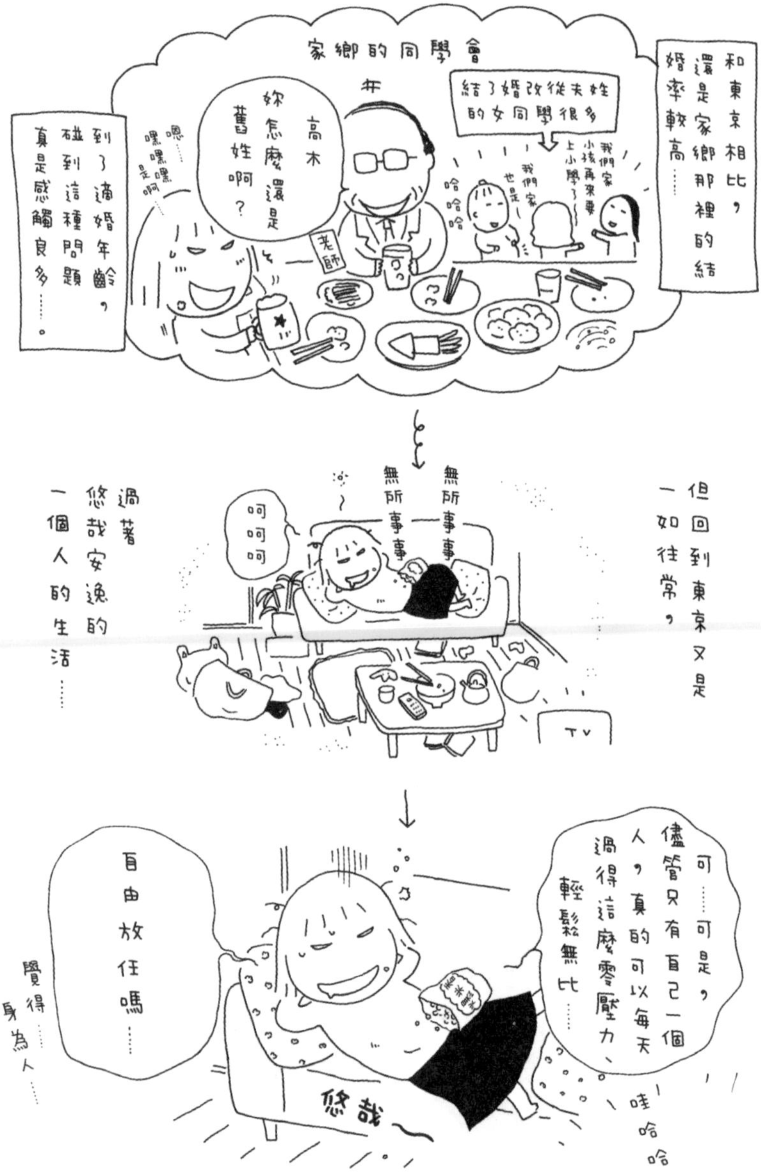
家鄉的同學會
和東京相比，還是家鄉那裡的結婚率較高……
結了婚改從夫姓的女同學很多
我們家小孩再來要上小學了～
我們家也是～
哈哈哈
高木妳怎麼還是舊姓啊？
老師
嗯……嘿嘿嘿是啊……
到了適婚年齡，碰到這種問題真是感觸良多……。
但回到東京又是一如往常，
無所事事
無所事事
呵呵呵
TV
過著悠哉安逸的一個人的生活……
可……可是，儘管只有自己一個人，真的可以每天過得這麼零壓力、輕鬆無比……
哇哈哈
悠哉～
自由放任嗎……
覺得……身為人……

今天也是一個人，午餐就只隨便吃個茶泡飯將就過去。
碗也沒收
蓬頭
啊
從老家回來以後，行李也還沒整理!!
已經第5天了!!
對了，我從早上到現在還沒洗臉!!
哇哈哈
隨處堆放
我是不是因為沒有需要我照顧的人，生活才變得這樣邋遢懶散～
我得振作起來!!
我得當個好榜樣才行!!
像這樣～
振作～～
這或許是一種奢侈的煩惱，但我的生活實在太安逸了，教人不由得有些害怕……
自己似乎很快就會變成一個廢人……
線上租屋網
喀嚓
喀嚓
喀嚓
喀嚓
喀嚓
來養隻寵物好了～
可是那得先搬到可以養寵物的房子才行～
嗯嗯～
可以養寵物又合乎我條件的房子好像很少耶～
不是太貴就是太舊了～
突然開始找起房子……

說這說那，
東想西想，
不知不覺間……
就累得
睡著了……
笨蛋
呼
而且還
睡在地上……
有時雖然
有些苦惱……
睡覺時
扭到了脖子……
不過，
暫且就這樣
過日子吧
今天的我依舊
過著一個人的
隨性生活。
呼呼

牠並非我的寵物……

但不知為何，家裡經常有蜘蛛出沒。

呼嚕～

番外篇
姐妹倆一起住
這春天，一個人上東京已經整整11年，但為何我一個人住的日子是「第9年」呢？
那是因為……
自第6年秋天，我和姐姐一起住了兩年的緣故。
差1歲 兩姐妹身高差不多
姐姐
妹妹
因此扣掉那2年的期間。
當時住的房子的平面圖大致如此……
洗衣機
流理台
冰箱
浴室
陽台
客廳
洗手間
玄關
收納
收納
姐姐的房間
我的房間
各自有自己的房間
年齡相近的兩姐妹住在一起，每天可說是愉快又愜意。
可以開始洗衣服了吧？
啊，等一下，這個也一起放進去洗
啪搭
啪搭
※兩個人講話是用三重腔

大聊特聊一些兩姐妹間的私家話題
親戚的話題
那個人長得像不像我們家親戚裡面的那個○○嬸啊?
男士
很像很像
噗
家務事
前一陣子老爸他喔~
妳是說那個吧,妳覺得呢?
竊竊私語
一起做做菜……
有時從擀皮開始做
披薩
做得不錯耶!!
哇喔…
擀
擀
起司
有時從配香料開始做
咖哩醬
再加一點紅椒粉吧
小茴香
嗯
兩個人是吃同一鍋飯長大的,所以對喜歡食物口味也很類似。
兩個人都喜歡喝啤酒♡
乾杯~~♡
哇哈哈
BEER

還有一件讓我體會到兩人不愧是姐妹的小事是……
啊……
聞~
有一個車站總讓我覺得旅館的味道瀰漫著
啊，今天也是!!
嗅嗅
這種印象一直揮之不去……
因此就跟幾位朋友提起這件事……
妳覺不覺得這車站有一股旅館的味道~?
是嗎?
啊，對了，昨天我從公司回家的路上~
然而卻完全沒得到共鳴……
有一天對姐姐提起這件事……
喂，姐，這車站~
嗯?
啊，真的耶~
くん
有旅館的味道耶~
くん
!!

而且將我想的位置
分毫不差地指出來
就是以前經過我們常去的那家溫泉旅館一進門那個飯廳時，會聞到的味道，對吧？
烹調晚餐的味道和榻榻米的味道相夾雜～
!!
哆哆
嗦嗦
這讓我覺得姐妹
真是不可思議。
（只因這種小事……）
但儘管是熟知對方
脾氣個性的姐妹……
嘿～
妳不覺得很髒嗎!?
哼
一起住還是
難免起衝突……
例如電視就只有
放在客廳的那一台……
具有錄放影機功能，但不能錄同時段的其他節目
砰
對了，從晚上9點開始有一個新宿歌舞伎町男公關的追蹤報導耶
喀擦
!!

喀擦
不可以，不可以，我從9點要看這個節目!!
LOVE 花車
什麼!?
喀擦
喂……喂，我也不能錯過這個節目啊!!
NO.1男公關究竟獎落誰手!?
今天的NO.1的寶座是
那種節目咧!!
我才不想看
我看的是今天才有的特別節目耶!!
我一定非看不可!!
吼
那台電視是我買的耶!!
嘰呱哩啦
有時為了搶電視，就這樣無聊地吵起架來……。
車車
搬家公司
最後，姐妹倆一起住的日子……
在兩年後畫上了句點，我又回到一個人住的生活。

相隔兩年，再度開始一個人住的生活……
無所事事。
依然稱心如意，逍遙自在……
地瓜片
可以隨自己的喜好佈置房間……
這裡來貼張相撲力士排名表。
呵呵呵……
當然也可以隨意轉台
啦啦♫
喀擦
喀擦
喀擦
哇
不過有時也會想起兩人一起住的歡樂日子……
啊，這個是姐姐喜歡看的節目。
以前常常一起看
接下來的單元是黑猩猩○○
哇哈哈
哈哈哈
哎喲～
咳
咳
啪
啪
兩人一起捧腹大笑

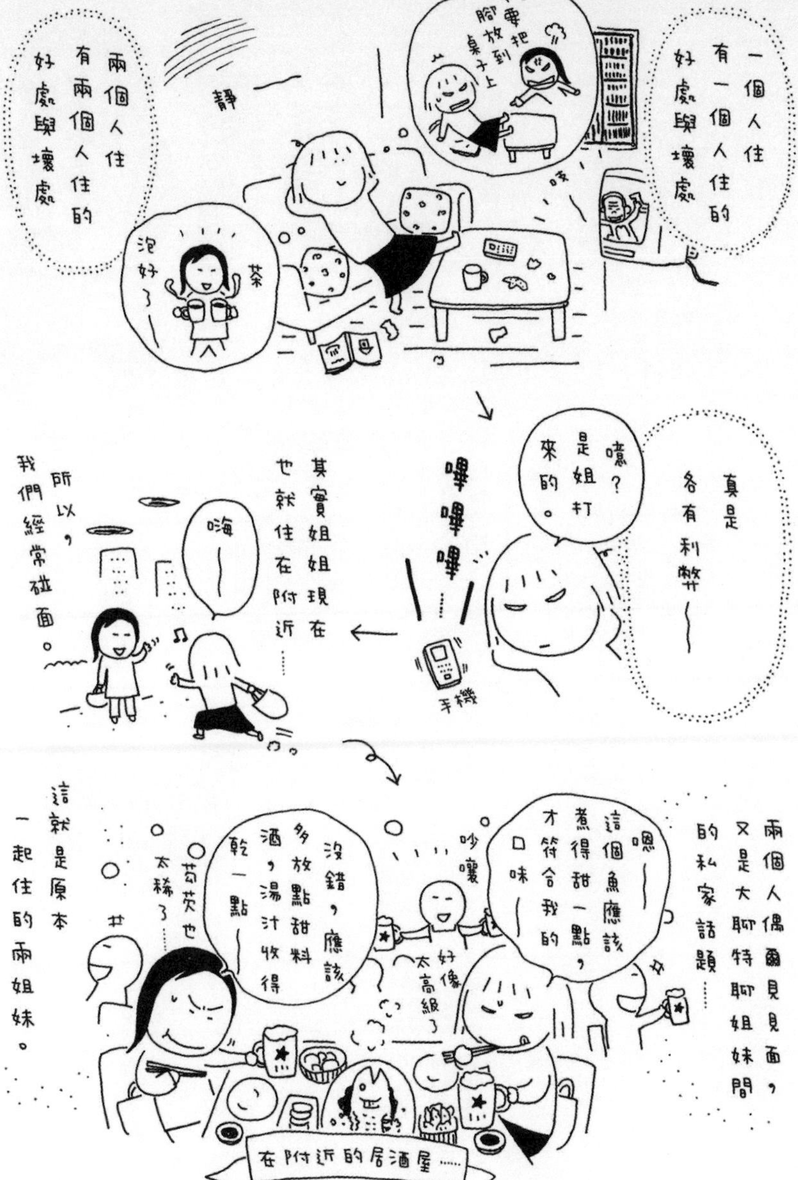
一個人住有一個人住的好處與壞處
不要把腳放到桌子上
咳
靜—
兩個人住有兩個人住的好處與壞處
泡好了
茶
真是各有利弊～
嗯？是姐打來的。
嗶嗶嗶
手機
其實姐姐現在也就住在附近……
嗨
所以，我們經常碰面。
兩個人偶爾見面，又是大聊特聊姐妹間的私家話題……
嗯—這個魚應該煮得甜一點，才符合我的口味—
吵嚷
好像太高級了
沒錯，應該多放點甜料酒，湯汁收得乾一點
芶芡也太稀了……
這就是原本一起住的兩姐妹。
在附近的居酒屋……

卷末附錄
我家的常備物品
食品
1天1顆
醃梅
真的非常喜歡吃酸酸的東西。
做成湯麵
或涼麵……
炒麵
冷凍烏龍麵
3包入
趁冷凍食品半價特賣時，買了囤積下來。
突然想吃甜食時，就煎鬆餅吃，並塗上一層厚厚的奶油和蜂蜜。
鬆餅粉
因此，家裡都會備有蜂蜜。
HONEY
巧克力
大口地吃♡
東海地方的人所不可或缺的食品
紅味噌
沙西米愛好者必備
芥末醬
我也喜歡
柚子胡椒
冰箱裡
總是有它的存在!!
BEER
BEER
是日本人當然少不了它……
米
新米
最近有時也買糙米。
在《第5年》中也出現過。
番茄罐
TOMATO
TOMATO
很喜歡大蒜♡
TEA
歇口氣時～

日用品
強力去垢
神奇海綿
不用清潔劑就清潔溜溜
可以去茶垢
啾
啾
地板專用
濕紙巾
20張入
擦木質地板還是這個最好用!!
咻
各種香皂樣樣齊全。
椰子
橄欖
月桃
是個香皂迷……♡
花瓶
自己很少買花，這是為了收到花時之用……
棉花棒
洗完澡沒有它就全身不自在
……
客人用的棉被
勉強可以留宿2個人
可是冬天就不行了……
床單
薄棉被
毛巾被
暖桌被
為了不時之需……
蠟燭
火柴
小型收音機
發燒用
COOL
額頭用貼布
手電筒
克蟑
希望不會用到……
冰枕

後記

從先前出版的《一個人住第5年》到這本《一個人住第9年》……
包括和姐姐一起住的兩年在內，大約已經過了6年的時間。

這之間，我由20幾歲變成30幾歲，
也搬了家，

房子從小套房變成兩房，
買了很多東西也弄壞了很多東西，周邊的生活也漸漸有些許變化，
而現在的生活大致就是如書中所描述的。
自己並不覺得變化很大，
但再翻開《一個人住第5年》有時會覺得有些懷念當時的那種心情。

看過《一個人住第5年》的讀者中，在這之間是不是也有種種的變化呢？
之前收到很多小學生讀者們的來信，

所以有時會想他們應該已經長很大了吧，
也有讀者寫信告訴我「我也很想一個人住」，
所以有時也會想他們之後是不是實現夢想了呢？等等。

再出這系列作品的續集時，
我究竟是過著什麼樣的生活呢？
更徹底習慣一個人的生活……？
還是過著自己也很驚奇的新生活……!?
而那時各位讀者朋友們又是過著什麼樣的生活呢？
希望彼此都能有些愉快的變化。

最後要感謝各位讀者朋友們的閱讀，
希望您們能繼續支持我的作品。

2009年春天　高木直子

最新作品

便當實驗室開張
每天做給老公、女兒，
偶爾也自己吃

媽媽的每一天：
高木直子東奔西跑的日子

媽媽的每一天：
高木直子陪你一起慢慢長大

媽媽的每一天：
高木直子手忙腳亂日記

已經不是一個人：
高木直子 40 脫單故事

再來一碗：
高木直子全家吃飽飽萬歲！

一個人好想吃：
高木直子念念不忘，
吃飽萬歲！

一個人做飯好好吃

一個人吃太飽：
高木直子的美味地圖

一個人和麻吉吃到飽：
高木直子的美味關係

一個人邊跑邊吃：
高木直子呷飽飽
馬拉松之旅

一個人出國到處跑：
高木直子的海外
歡樂馬拉松

一個人去跑步：
馬拉松 1 年級生

一個人去跑步：
馬拉松 2 年級生

一個人去旅行
1 年級生

一個人去旅行
2 年級生

一個人暖呼呼：
高木直子的鐵道溫泉祕境

一個人到處瘋慶典：
高木直子日本祭典萬萬歲

一個人搞東搞西：
高木直子閒不下來手作書

一個人的狗回憶：
高木直子到處尋犬記

台灣出版16週年
全新封面版

150cm Life

150cm Life ②

150cm Life ③

一個人好孝順

一個人上東京

一個人住第 5 年

一個人住第幾年？

一個人的第一次

一個人漂泊的日子 ①
（封面新裝版）

一個人漂泊的日子 ②
（封面新裝版）

我的 30 分媽媽

我的 30 分媽媽 ②

Titan 139

一個人住第9年

高木直子◎圖文　洪俞君◎翻譯

出版者：大田出版有限公司
台北市10445中山區中山北路二段26巷2號2樓
E-mail：titan@morningstar.com.tw　http：//www.titan3.com.tw
編輯部專線：（02）25621383　傳真：（02）25818761
【如果您對本書或本出版公司有任何意見，歡迎來電】
行政院新聞局版台業字第397號
法律顧問：陳思成律師

填回函雙重贈禮♥
①立即送購書優惠券
②抽獎小禮物

總編輯：莊培園
副總編輯：蔡鳳儀
行銷編輯：張筠和
行政編輯：鄭鈺澐
校對：洪俞君 / 蘇淑惠
初版：二〇一〇年一月三十日
二版初刷：二〇二一年十二月一日　定價：290元
二版三刷：二〇二四年六月二十四日

購書E-mail：service@morningstar.com.tw
網路書店：http://www.morningstar.com.tw（晨星網路書店）
TEL：04-23595819 # 212　FAX：04-23595493
郵政劃撥：15060393（知己圖書股份有限公司）
印刷：上好印刷股份有限公司

國際書碼：978-986-179-692-5　CIP：861.67/110015836

門鈴響時，
不貿然開門
也不接對講機……。
而是從門孔
偷偷窺看來者
是何許人也。

一個人住第9年的一幕

有時也會
燒燒精油。
哼
哼